銀の祝福が降る夜に
gin no shukufuku ga furu yoru ni
「うれしくて流す涙も塩辛いのだな。おまえの味だ、覚えておこう」
今度は目尻にキスが降る。

銀《ぎん》の祝《しゅく》福《ふく》が降《ふ》る夜《よる》に

宮《みや》本《もと》れん

ILLUSTRATION：サマミヤアカザ

銀の祝福が降る夜に

LYNX ROMANCE

CONTENTS

007 銀の祝福が降る夜に

249 銀の祝福を蕩かす夜に

254 あとがき

銀の祝福が降る夜に

深い深い森の中、大地を踏み締めると、ふわりとした感触が靴を通して伝わってくる。

冬の間雪に覆われていた地面には幾重にも重なった落ち葉と枯れ枝が層を成し、まるでふかふかの毛布のようだ。白く立ち昇る吐息を追いかけるようにして顔を上げたサーシャは、視界いっぱいに広がる針葉樹の森に大きく息を吸いこんだ。

この澄んだ空気がとても好きだ。辛《つら》かったことも全部消えてなくなるようで。

それをもっと感じていたくてサーシャは再び歩きはじめた。

背丈の三倍はありそうな樫《かし》の木の下には腰ほどの高さの低木が生えていて、服に引っかかった枯れ枝がポキン、パキンと音を立てて折れる。そんな軽快な音もまた、森を歩ける季節がやってきたのだと告げているようで心躍った。


深い雪で覆われている間は、自分の息遣いさえ雪に吸いこまれて聞こえなかった。

けれど今は耳を澄ませば、遠くの川のせせらぎまで耳に届く。大好きな針葉樹の森が少しずつ目を覚ましはじめている。大地を潤した雪解け水は小川となって森を巡り、やがて湖へと流れこむのだ。

サーシャは湖畔に立ち、鏡面のように澄んだ水面《みなも》をぐるりと眺めた。

持ってきたバケツを傍らに置くと、そっと両手で水を掬《すく》って口をつける。

キンという音が聞こえてきそうなほど冷たい水は、含むとどこか甘く感じた。湖水まで春の訪れをよろこんでいるようだ。続けて二口、三口と飲むうちに空腹の胃がぐうっと大きな音を立て、思わず笑ってしまった。

よく見れば、小魚たちがスイスイと気持ちよさそうに泳いでいる。彼らもきっと春が来るのがうれしいのだろう。

「これからまた、いい季節になるね」

魚たちに話しかけながらサーシャはそっと目を細めた。

水面に映るのは、つい一月《ひとつき》前に十六歳の誕生日を迎えたばかりの華奢《きゃしゃ》な少年だ。

秋口よりも痩《や》せたせいか、つぶらな瞳が大きく見える。それは春を告げる菫《すみれ》のような薄い紫色で、腰まである銀色の髪によく映えた。

長い睫《まつげ》は白い頬《ほお》にやわらかな影を落とし、桃色の唇に視線を誘う。麻の長衣を麻紐《ひも》で縛っただけの粗末な格好をしていても、サーシャには内側から滲《にじ》み出るような美しさがあった。

こんなふうに湖面に姿を映すのも久しぶりだ。

日が昇りきらない冬の間は手探りで身嗜《みだしな》みを整えてきたけれど、これからはこうしてちゃんと目で見て確かめられる。誰にも会わない生活をしていても、それは常に気をつけていることだった。貧しい格好をしても心は豊かであるように」と、亡くなった母からくり返し教わってきたからだ。

念入りに身嗜みを確かめていた時だ。

頭の上の方が急にムズムズすると思ったら、次の瞬間、ふさふさとしたものがぴょこんと飛び出す。

「わっ」

思わず声を上げたサーシャは慌ててそれを両手で押さえ、キョロキョロとあたりを見回した。

誰にも見られなかっただろうか。

上から手で押さえてはいても、人間の耳より圧倒的に優れているそれは周囲の気配をくまなく探る。

どうやら周りには誰もいなかったようだとわかり、サーシャはほっと胸を撫《な》で下ろした。

「よかったぁ……」

そうっと手を離し、ひょこひょこと耳を動かしてみる。

髪と同じ銀色の毛に覆われたそれは、この森からとうに姿を消したはずの狼《おおかみ》の耳だ。このところ空腹が続くあまり、危機と感じた身体《からだ》が本能的に狼になりかけたのだった。

人狼の父と、人間の母の間に生まれたサーシャは、長い間人狼であることを隠し、人として生きてきた。

危険な生きものとして狼が忌み嫌われているこの国において、狼と人の子である人狼もまた禁忌の生きものとされている。サーシャの父親レオンも、その仲間たちも皆、自分たちが人狼であることはひた隠しにしていた。

人間で唯一その存在を知っていたのは、サーシャの母親オルガぐらいだ。彼女も人狼の妻となってからはその秘密を頑《かたく》なに守り通した。そうしないと生きられなかった。

狼も、狼の血を引く人狼も、見つかれば必ず殺される。もしくは怪しい団体に売り飛ばされて見世物にされ、ボロボロになって死んでいく。両親はそんな前例を嫌と言うほど見てきたそうだ。

父のレオンは、人狼でありながら人間を大切に思う心やさしい人だった。

狼によって人間が被害を受けてきた過去を受け止め、心を痛めていたからだ。だからこそ彼は人であるオルガを愛し、オルガもそれを理解して、ふたりは密やかに結ばれた。その愛の結晶としてサーシャが生まれた。

だからあの日。

狼が森で生き延びているという噂《うわさ》が広まり、大規模な狼狩りが行われた時もレオンの信念は揺らがなかった。これ以上逃げられないことを彼は覚悟していたのだろう。レオンはオルガとサーシャを呼び寄せると、「人間を恨んではいけないよ。彼らもまた、狼によって悲しい思いをしたのだから」とふたりの手を重ねて約束させた。

その時、母親の手がカタカタとふるえていたのを今でもはっきりと覚えている。彼女もまたその時すべてを悟ったのだろう。

母親に強く抱き締められている間に、父親は銀色の狼になった。

父を見たのはその時が最後だ。

妻や子にいらぬ詮索や危害が及ばぬようあえて狼の姿となったレオンは、自ら囮《おとり》となって殺された。亡骸《なきがら》は狼討伐の証《あかし》として持ち去られ、サーシャたち家族の手元には髪の一房すら遺留品は残らなかった。

サーシャが八歳の時だった。

父親が亡くなってからは、母親とふたりでの慎《つつ》ましい生活がはじまった。

オルガは夫を失った悲しみに暮れながらも、持ち前の聡明《そうめい》さとあかるさで愛情をこめてサーシャを育ててくれた。

サーシャも母親に楽をさせたい一心で一生懸命手伝いをしたし、毒キノコの見分け方や羊の世話など、教えられたことはすぐに覚えてオルガを驚かせたりもした。自給自足の生活は貧しく、食べものも充分とは言えなかったけれど、それでも母と子ふたりの毎日は深い愛情で満たされていた。だからこそ心はいつも豊かでいられた。

そんな生活が唐突に終わりを告げたのは、サーシャが十歳の時だった。

隣の国で大流行した疫病が商人を介して町に持ちこまれ、それが遠く離れた森に住むサーシャたちのところにまで到達したのだ。

日頃少ない食料をわけ合って暮らしていたふたりだったが、母親は幼い我が子に少しでも多く食べさせようと、自らは粥《かゆ》をほんの数口しか摂《と》らないこともよくあった。「お母さんもうお腹いっぱいだから、サーシャが食べて」という言葉をもっと疑うべきだったと、後になって深く後悔したものだ。

弱っていた身体はあっという間に病に乗っ取られ、次の季節を迎えることなくオルガは眠るように亡くなった。

立て続けに両親を亡くし、十歳で天涯孤独となったサーシャには古びた家と少しの畑、それにふたりの言葉だけが遺《のこ》された。

二度目の狼狩り以降、同胞たちの行方はわからなくなった。

父親と同じように殺されてしまったのか、あるいは国境を越えて逃げ延びたのか。人狼の中には幼い子供を抱えた家族もあったから、国境に立ちはだかる山を越えるのはきっと大変だったことだろう。それでも、幼い頃に遊んだ友達やその家族がこの世界のどこかで生きていてくれることを願わずにはいられなかった。

今のサーシャには、友達や知り合いと呼べる相手はもういない。

それでも森には動物たちがいるし、湖を覗《のぞ》きこめば小魚もいる。大切な母親のお墓もある。だから寂しくはなかった。今頃はきっと天国で夫のレオンと仲良く暮らしているだろう。

「そうだったらいいな」

思いをこめて呟《つぶや》きながら、サーシャは持ってきたバケツで水を汲《く》む。鏡のような湖水の上を波紋が幾重にも広がっていった。

秋の不作と長い冬の影響で、食料と呼べるものは底を尽いた。ここ数日、まともなものを口にしていない。それでも湯を沸かして飲めば身体もあたたまるだろうし、少しは元気も出るかもしれない。

気持ちを落ち着けるように深呼吸をくり返し、狼の耳が引っこむまで待つ。

飢えなどの危険に晒《さら》されると本能的に出るものらしく、自分の意志ではどうしようもないのが困りものだけれど、この耳を見るたびに父親を思い出してしみじみとなる。

おそらく自分も父のように全身狼に変化することもできるのだろう。狼の姿になったことはないし、やり方もわからないけれど。

狼になるということは、この国では自らの死を意味している。だからレオンは最後までサーシャにやり方を教えてはくれなかった。悲しい運命は自分で最後にするという父の覚悟を感じ、サーシャも訊《き》くことはできなかった。

そんなことを考えているうちに、やっとのことで狼耳が引っこむ。

それを両手で確かめたサーシャは立ち上がり、踵《きびす》を返して歩きはじめた。ただでさえ空腹でふらつく身体で重たいバケツを運ぶのは大変だったが、時間をかけてなんとか家まで辿《たど》り着くことができた。

サーシャの家は木造の平屋建てで、屋根には藁《わら》が葺《ふ》いてある。

ひとりで暮らしているので葺き替えもままならず、経年劣化もあってあちこちが傷みはじめていた。なんとか修理しながら住んではいるが、最近では雨漏りまでする始末だ。それでも両親が遺してくれた家はサーシャにとって心の拠《よ》り所のようなものだった。

中には、簡素な炉と折り畳み式のテーブル、それに寝床にもなる細長い箱チェストがあるだけだ。小さな窓には母が編んだ繊細なレースのカーテンがかかっており、オレンジ色の残照に美しく透けていた。

森の中では清々《すがすが》しく思えた空気も、家の中にいると寒く感じる。足元からシンシンと這《は》い上がってくるような底冷えだ。

サーシャは汲んできた水を甕《かめ》へざあっと空けると、炉に薪《まき》をくべて火を熾《おこ》した。鍋で湯を沸かし、帰る途中で見つけた野草を浮かべる。

「いい匂い……」

爽やかな香りのする葉はサーシャのお気に入りだ。こうして飲むとただの湯も少しだけ特別なものになる。これも母から教わった生活の知恵だった。

パチパチと音を立て勢いよく燃える炎を見ながら白湯《さゆ》を飲んでいるうちに身体はあたたまり、気持ちも解《ほぐ》れてくる。気づかないうちに日は沈んでいたようで、窓の外はすっかり暗くなっていた。

これであたたかい食事ができたらよかったのだけれど。

そう思った途端、腹の虫が「そうだそうだ」と言わんばかりにぐうっと鳴る。この鍋で豆を煮たり、スープを作れたらどんなにいいだろう。せめて大麦の粥を煮られたらいいのに。

「お腹空いたな」

この家には、炉はあってもパンを焼くための窯《かま》はない。

だから普段はパンではなく、石臼で挽《ひ》いた大麦の粉を煮て粥を作り、それを食べていた。畑で豆や野菜が採れた時はスープにして、何日もあたため直しながら食べたものだ。

けれど今は――。

「なんにもなくなっちゃった……」

去年の秋は例年にないほどの不作だった。

自分の目で直接確かめたわけではないけれど、森の近くを通りかかった人が話していたのを聞く限り、周辺の村や町でもかなりの食糧難に陥っているらしい。そうした不幸がこの国を襲うのは今回がはじめてのことではなかった。

今から九年前にも酷《ひど》い飢饉《ききん》があり、たくさんの人が死んだと聞いたことがある。

当時七歳だった自分は両親に守られていたこともあって記憶そのものは曖昧だ。もしかしたら、この家でも物資は不足していたかもしれない。それでも、子の食事を優先してくれる父母のおかげでサーシャが飢えに苦しむことはなかった。

今のこの状況は九年前の再来、あるいはそれ以上と噂されている。

生まれてはじめて、たったひとりで耐えなければならない飢えは予想以上に辛いものだった。備蓄食料が底を尽きそうになっても雪に閉ざされた冬の間は外に出ることすらままならず、悶々《もんもん》としながら春を待ち侘《わ》びた。ようやく水を汲みにいけるようにはなったものの、主食となる大麦もなければ身体をあたためるための薪も尽きそうだ。もう限界だった。

「お父さん、お母さん。許してくれますよね？」

母オルガの遺品となったレースのカーテンをそっと撫でる。

「ぼくは明日、町に行きます」

隠れて生きなくてはならない身であることは百も承知している。人目に触れることはすなわち、正体を暴かれ、殺される可能性と隣合わせだ。それでも備蓄食料が尽きた今、サーシャには食べものを買うためのお金が必要だった。

できるだけ目立たないように町の人たちに紛れて

お金を稼ぎ、食料と来年のための大麦の種を買って帰ってこよう。一年は畑を耕せないから戻ってきたら荒れているかもしれないけれど、しかたがない。また一からはじめるつもりで頑張《がんば》ろう。

サーシャは薪に灰を被《かぶ》せて火を消すと、粗末なマットを敷いただけのチェストの上に靴を脱いで横になる。

明日から新しい生活がはじまる。それが少しだけ怖くもあり、また同時に楽しみでもあった。

どんな出会いがあるだろう。どんなものを得るだろう。

高鳴る胸を押さえながら大きく一度深呼吸をする。

疲れた身体はあっという間に深い眠りに落ちていった。

翌朝、朝日が昇ると同時に目を覚ましたサーシャは、母親の墓前で祈りを捧げ、父親にも心の中で出発の挨拶を済ませると、身体ひとつで家を出た。

いつも行く湖とは反対の方向だ。「あっちに行ってはいけないよ」という両親の教えを素直に守ってきたサーシャにとって、町の方に足を踏み出すだけで勇気がいった。

それでも一歩、また一歩と歩いていくうちに森の空気に清々しい気持ちにさせられる。まだ夜が明けてからいくらも経《た》っておらず、空気は頬を切るように冷たかったけれど、夜明け特有の透き通るような森の匂いが心をウキウキと浮き立たせた。

サーシャが暮らす王国イシュテヴァルダは、四季のほとんどを冬が占めている。日中でも雪明かりを頼りに歩かなくてはならないほど暗い冬だが、その反面、楽しいこともあった。

夜空いっぱいに現れるオーロラだ。

いつまでも見ていたいと駄々《だだ》を捏《こ》ねては母親を困らせたものだった。今でも光が夜空を覆うと、ついじっと見上げてしまう。サーシャにとって凍《い》てついた冬の間の唯一の楽しみだったと言っていい。

そんな長く閉ざされた冬が終わると、白や紫の小さな花が開いて春を報《しら》せる。日を追うごとに陽が差す時間は長くなり、ついぞ太陽は沈まなくなる。白夜だ。一日中光を浴びた青草は栄養価高く育ち、動物たちの貴重な食料になる。

束《つか》の間《ま》の夏が終わるとあっという間に収穫の秋を迎え、大地の恵みに感謝しながら冬支度をする。そうして暖炉の火を見つめながらしみじみと一年の終わりを迎える。それを何度も何度もくり返してきた。そんなおだやかで慎ましい暮らしも両親から受け継いだ宝物だ。


だからこそ、この毎日を守るためにもまずは町で頑張らなくては――。

道なき道を歩いていくうちにやがて針葉樹の森が終わり、遠くに村が見えてくる。

暮らしているのは農民たちだ。町の周りには農村があり、小麦や大麦などの作物を作ったり、家畜を飼育したりしているのだと母から聞いたことがある。

おそるおそる近づいていくと、農民たちは余所者《よそもの》であるサーシャを遠目に見た。中には「どこから来たんだ」と声をかけてくるものもあったが、人狼の住処《すみか》を答えるわけにもいかず、話したいのを我慢して会釈だけして通り過ぎた。

一日中歩き続けて日も傾きかけた頃、ようやくのことで町を囲う城壁へと辿り着く。城門を潜《くぐ》るとその先はいよいよ目的地だ。

門の両脇には門番らしき屈強な男たちが立ってい

てあまりのものものしさに身震いが起きたが、自らの背中を押すつもりで大きくひとつ深呼吸をすると、サーシャは思いきって彼らの前を通り過ぎ石造りの城門を潜った。

「わぁ！」

中に足を踏み入れるや、思わず声が洩《も》れる。

なんてにぎやかなところだろう。なんてたくさんの人だろう。目に映るなにもかもがはじめて見るものばかりだった。

蜂蜜色の煉瓦《レンガ》造りの建物がひしめくように並び、軒先からはそれぞれの生業《なりわい》を表すのであろう趣向を凝らした看板がぶら下がっている。その下で商人たちは威勢のいい声で客を呼びこみ、人々もまたそれに耳を傾け、あるいは笑って誘いをかわしながら楽しげに歩いていた。

こんなにたくさんの人が行き交うところも、こんなにたくさんの声が混ざり合うのも、これまで見たことも聞いたこともない。

それに、色とりどりの長衣を纏《まと》った町の人々は自分とはずいぶん違う。それをもっと近くで見たくて駆け寄ろうとしたところで、靴の裏に伝わる感触にサーシャは思わず足を止めた。

「あ…、石……？」

よく見れば、地面には隙間なく蜂蜜色の石畳が敷かれている。

生まれてこのかた森ばかり歩いていたサーシャにとって、その固い感触はとても新鮮だった。どうりでコツコツと音がするわけだ。歩いているだけでなんだか楽しい。

靴音をさせながら人の流れに乗って歩いていくと、やがて大きな広場へ突き当たる。

中心には石造りの噴水があり、水がこんこんと湧き出していた。人々はそこで話しこんだり、喉の渇きを潤したりと思い思いに過ごしている。サーシャも近づいていって見よう見まねで冷たい水を掬って飲んだ。

「……ふう」

一日中歩き通しで喉が渇いていたから助かった。顔や手も洗えてさっぱりしたし、一日の疲れも癒《い》やされた。

ようやく人心地がついた思いであらためて周囲を見回す。

町の活気は想像していた以上だった。人も建物もなにもかもが珍しくてキョロキョロしてしまう。農村では遠巻きにされたサーシャだったけれど、行商人も多く訪れる町では余所者など珍しくもないのか、遠巻きにされたり、話しかけられたりすることもなかった。

それにほっとする一方で、これからどうしようかという思いが頭を擡《もた》げる。

できるだけ目立たないように住みこみで働かせてもらおうとぼんやり考えてはいたけれど、そもそもどうやって働き口を探したらいいのだろう。自分にはどんな仕事が勤まるだろう。畑を耕したり、食事を作ったり、そういった日々の暮らしを営むことならできるけれど……。

ずらりと並んだ店の軒先を順番に見て歩きながら途方に暮れていると、そんなサーシャを見かねたのか、ひとりの男が横から話しかけてきた。

「どうした。おまえさん迷子か？」

「え？」

ふり向くと、鋭い目つきの男が立っている。

驚くサーシャを上から下まで眺めてから男はニヤリと口端《くちは》を上げた。

「その年で迷子ってこともねぇか。今夜の塒《ねぐら》でも探してるんだろう？　よかったら俺んとこに来いよ。なぁに、金のことなら心配いらねぇ」

　食堂と宿屋を経営しているというその男は、食堂の給仕を手伝ってくれるなら給金も出すと持ちかけてくる。なんでも人手が足りないのだそうだ。食事を運ぶだけだからと後押しされ、それなら自分にもできるかもしれないと考えたサーシャは、よろこんで男の誘いに乗った。

　連れていかれたのは、街道から外れたところにある古びた二階建ての建物だった。一階が食堂で、食堂の奥にある階段を上がった二階に宿があるのだという。

「だいたいの客は泊まっていくからな。旅の疲れはしっかり癒やしてもらわねぇとさ」

「いいところなんですね」

　無垢《むく》なサーシャの言葉に宿屋の主人は無言で笑うと、店の前で立ち止まった。

「さぁ、ここだ。入んな」

　サーシャが食堂に足を踏み入れた途端、店にいた男たちがいっせいにこちらを見る。

　まるで示し合わせたかのようだ。こんなたくさんの人たちから一度に視線を向けられるなんてはじめてのことで、さらには値踏みするようにジロジロと眺め回されて、サーシャはびっくりするあまりその場にカチンと固まった。

「おいおい、こいつはまたえらいべっぴんを連れてきたもんだなぁ。俺もあちこちを旅してきたが、ここまでの上玉は久しぶりだ」

　入口の近くに陣取っていた客が店主に話しかける。

「これからご奉仕のイロハを仕込むところでさぁ」

「そいつはいい。……なぁ、おまえ。こういう仕事ははじめてか」

急に話をふられ、サーシャはオドオドしながらも

「はい」と頷《うなず》く。

その途端、男たちがドッと笑った。

下卑た笑みを浮かべるもの、中にはヒューッと口笛を吹いて囃《はや》し立てるものまで現れる。手に手に酒を持っているから皆酔っ払っているのだろうか。

キョロキョロと席を見回したサーシャは、その時はじめて女性がひとりもいないことに気がついた。客も給仕もみんな男性だ。特にテーブルについている客は屈強な男ばかりで、威圧的な態度でこちらを見ていた。

「突っ立ってないで入れよ」

後ろから主人に小突かれ、はっと我に返ったサーシャはなんとか気を取り直して薄暗い店に足を踏み入れる。

けれど何歩も行かないうちに、先ほど話しかけてきた男に手首を摑《つか》まれ引き寄せられた。

「ちょうど腹も膨れたところだ。こっから先は俺が手取り足取り教えてやるよ」

なぜかそのまま奥の階段へと歩かされそうになり、おろおろと店主をふり返る。

だが彼は肩を竦《すく》めただけだった。

「あ、あの、ぼくはお仕事を……」

「あぁ。そいつがおまえさんの仕事だ」

ますます意味がわからない。

そうしている間にも客はニヤニヤ笑うばかりだ。

「おい。おまえにゃもったいないだろ」

ひとりの客がやってきて、サーシャの手首を摑んでいた男の手をパシッと叩《たた》き落とした。

「俺に譲れよ」

「俺も入れろ」

「なんなら三人一緒でもいいんだぜ」

次々に男たちが集まってきて、その真ん中でサーシャはもみくちゃだ。頰を撫でられ、酒臭い息を吹きかけられて、ぞわぞわとしたものがこみ上げた。無我夢中で身を屈《かが》め、小動物のような素早さで男たちの間を縫って駆け出す。

「あっ。こら！」

なんとか店の外に飛び出したものの、こうなることを予想していたのか、そこには主人が待ち構えていた。

「おい、仕事はどうした」

「ごめんなさい。やっぱりぼくには勤まりません」

足を止めて頭を下げ、傍らを走り抜けようとした途端、グイと腕を摑まれる。

「今さらなに言ってんだ」

「このクソガキが。手間かけさせせんじゃねぇ」

客らも追いついてきてぐるりと取り囲まれる。必死に謝ったものの許してもらえず、力尽くで再び店の中へ連れこまれようとした時だった。

「往来でなにを騒いでいる」

凜《りん》とした声が割って入る。

酒焼けした主人や客たちとはまるで違う、威厳に満ちた声だ。男たちがはっとした様子でサーシャから身を引くと同時に視界が開け、馬上にある声主の姿が目に飛びこんできた。

がっちりとした体軀《たいく》の、かなり上背のある男性だ。人目を引くやや暗めの赤い髪に褐色の肌がよく馴《な》染《じ》む。野性味のある風貌といい、全身から滲み出る貫禄《かんろく》といい、自分より十四、五は年上だろうか。上等な上着を着ていることからかなり身分の高い人物なのだろう。

そんな彼の後ろには、目の覚めるような美貌の金髪の青年と、黒髪を後ろで結った大柄な青年が馬を連れ左右を固めていた。

　供のふたりが駒繋《こまつなぎ》に馬をつなぐ中、赤髪の男性がひらりと黒馬から地面に降り立つ。

　その姿を一目見るや、店で食事をしていた男たちは慌てふためきながら立ち上がり、忠誠を誓うように右手を胸に当てて片膝をついた。道を歩いていた男たちもだ。女性らは胸の前で祈るように手を組み、膝をついた格好で頭を垂れた。

　人々の最敬礼は湖面に波紋が広がるようにあっという間に伝播《でんぱ》していく。膝をつかなかったのは、なにが起きているのかわからずぽかんとしているサーシャと、そんなサーシャを連れ戻そうと躍起になる酔っ払いの男ぐらいだ。

　その彼は、周りがシンとなったことで狼狽《うろた》えたのか、あるいは邪魔をされたと感じたのか、今度は声をかけてきた男性相手に喧嘩《けんか》を売りはじめた。

「なんだなんだ。急に割って入ってきやがって。いくらお偉いサンだからってこいつは俺のもんだぜ。なぁ？」

「わっ」

　力任せに腕を引っ張られ、蹈鞴《たたら》を踏んだサーシャは石畳の出っ張りに躓《つまず》いて転んでしまう。

　思うようにならないことに苛立《いらだ》った酔っ払いは、フンと鼻を鳴らすなり赤毛の男性に詰め寄った。

「おう。いつまで見てんだ。こっちは見せもんじゃねぇんだぞ」

　酔っ払いが語気を強める。その太い腕が、赤髪の男性の胸倉を摑み上げようとした時だ。

「無礼ものめ」

「うおっ」

　それまで表情ひとつ変えずに立っていた金髪の男

性が目にも留まらぬスピードで足払いをかける。細身の身体からくり出されたとは思えない力強い蹴りを臑《すね》に食らって酔っ払いはどしゃっと転げた。したたかに肩を打ちつけ呻《うめ》いたところへ、すかさず黒髪の男性が馬乗りになって押さえこむ。それは一度の瞬《まばた》きほどの、あっという間の出来事だった。

「な、なにしやがるっ」

「観念しろ。暴れると余計に縄が食いこむぞ」

「痛《い》ててててっ」

酔っ払いは身を捩《よじ》って拘束を逃れようとするものの、それよりも早く後ろ手に縛り上げられる。無理やり立ち上がらされ、後ろに控えていたと思《おぼ》しき兵士たちに引き渡されるのをサーシャはぽかんと見るばかりだった。

「災難だったな。怪我《けが》はないか」

声をかけられて我に返る。顔を上げると、転んだサーシャを助け起こそうと赤髪の男性がこちらに向かって手を差し伸べてくれたところだった。

「立てるか」

「あ…、ありがとうございます」

酔っ払いを一喝した時とは打って変わってやわらかな声にほっとしながら、節くれ立った手を握る。自分よりも一回りは大きな手だ。指は長く、ごつごつとしていて手のひらも厚い。記憶の中の父親の手もここまでは大きくなかったと思う。

――まるで、騎士様みたい……。

母親のオルガから聞いたことがある。全《まった》き精神と逞《たくま》しい肉体を併せ持ったものだけがなれる英雄、それが騎士というものなのだと。

包みこむように手を握り返され、グイと引っ張り上げられる。前のめりに傾《かし》いだ身体を支えてくれた相手は、至近距離からサーシャの顔を見るなりわず

かに息を呑《の》んだ。

――――え？

顔の造形のひとつひとつ、さらには心の中まで見透かすように身動《みじろ》ぎもせずに見つめてくる。その眼《まな》差《ざ》しには深い森を思わせる知性と、冬の夜空を焦がすオーロラのような情熱で満ちていた。

そんな相手に食い入るように見つめられ、サーシャは瞬きをくり返すばかりだ。

「あ、あの……」

「あぁ。すまない」

思いきって声をかけると、男性ははにかむように笑いながら身体を引いた。そうしてサーシャに怪我がないことを確かめた後で、あらためて右手を差し出し握手を交わした。

「不躾《ぶしつけ》な真似《まね》をして悪かった。俺はアルベルトだ」

「ぼくの方こそ、助けてくださってありがとうございました。サーシャといいます」

「サーシャか。いい名だ。よく似合う」

アルベルトが屈託なく笑う。白い歯が日に焼けた褐色の肌に眩《まぶ》しく映えて思わずぼうっと見つめてしまった。

町の人々は活気に満ち、生き生きとして見えたが、アルベルトほど生命力にあふれた人を見るのははじめてだ。人目を引くその外見ともあいまって彼の周囲だけが輝いて見えた。

そうして見つめ合っていたところへ、ふたりの男性が戻ってくる。

「先ほどのものは牢《ろう》に入れるよう指示いたしました。明日にでも裁判を」

「わかった」

「宿屋の主人についてはいかがいたしますか。伝令から聞いたところによりますと、この男、なにやらいかがわしい商売をしているとか」

　金髪の美丈夫にジロリと睨《にら》まれ、主人が「ヒッ」と身を竦ませる。

「どうぞご勘弁くださいまし。粗末な食事と寝床を提供するだけの安宿でございます。お目に留めていただくまでもございません」

「この少年を拐《かどわ》かして働かせようとしていただろう。言い逃れようとしても無駄だ」

　青年に店の奥を目で指され、主人はぶるぶると首をふった。

「ととと、とんでもない。み…、道を。ええそう、道を訊かれましたので、案内しようとしたところだったのでございます」

「ほう。道をな……？」

「はい。はい。おっしゃるとおりで」

　ごり押しとばかりに首肯し続ける主人を見下ろし、金髪の男性はため息をついた。話にならん、というように首をふる。

　それを見たアルベルトが、ふとなにか思いついたようにサーシャに向き直った。

「道を訊ねたというのがほんとうなら、おまえは余所の国から来た旅のものか？　それにしてはずいぶんと軽装のようだが」

「その…、着の身着のままで参りました」

　嘘《うそ》ではない。ただ、ほんとうは森を住処にしているイシュテヴァルダの民のひとりだ。

　けれどそれを正直に言うわけにもいかず、曖昧に答えるサーシャにアルベルトはひとつ頷くと、再び主人を睨み据えた。

「サーシャはおまえの店で働いているわけではないようだ。ならば、ここに残る理由はない」

「おっしゃるとおりでございます」

「わかった。今回のみ放免としてやる。これに懲《こ》りてもう無茶なことはするなよ。次はない」

「よろしいのですか」

金髪の美丈夫が眉間に皺《しわ》を寄せて詰め寄ったが、アルベルトは「構わん」と短く答え、早く立ち去るようにと主人を手で追い払った。

ぐずぐずしている間に話を蒸し返されたらたまらないと、宿屋の主人は頭を下げるなり脱兎《だっと》の勢いで店へ戻っていく。

それを見てやれやれとため息をつくアルベルトに、サーシャはあらためて頭を下げた。

「ありがとうございました。なにからなにまで助けていただいて……」

「騒ぎが収まってよかった。このところ町人同士の揉《も》めごとが頻発していると聞いてな、視察に来ていたところだったんだ。おまえのおかげで早めに芽を摘むことができた」

恩人なのにそんなふうに言ってくれるなんて、彼はなんてやさしい人なんだろう。

一心に見上げていると、アルベルトは少し困ったような、それでいてうれしくてたまらないような顔でニッと口角を持ち上げた。

「まったく……放っておけない顔をする」

「え？」

「人を疑うなんて思いもしないんだろう。おまえが生まれ育ったところではそれで通用したかもしれないが、この世には悪い人間もたくさんいる。少しは警戒することも覚えろ」

たとえば宿屋の主人のようになとつけ加えられ、サーシャはきょとんと首を傾げた。

それを見たアルベルトが小さく嘆息する。

「料理を運ぶ仕事だと本気で思っていたのか？」

「え？　え？」

「いや、いい。おまえは知らない方がよさそうだ。これからもあそこには近づくんじゃないぞ」

親が子供にするように言い含められる。

よくわからないけれど、助けてくれたアルベルトがそう言うのなら言いつけを守りたい。無条件に頷くサーシャに、アルベルトはなぜかまたもふうっとため息をついた。

「どうも心配だな……。いつまた欺《だま》されるかと思いながら見送るというのも寝覚めが悪い。なによりおまえは素直すぎる。いや、それがいいところでもあるんだろうが……」

アルベルトはブツブツと呟きながらなにかを考えているふうだ。

「アルベルト様？」

おそるおそる声をかけると、彼はなにか思いついたようにぱっと顔を上げた。

「サーシャ。おまえ、これからどこへ行く？」

「えっと、特には……」

この町で働いて、大麦を買うための資金を貯《た》めることが目的だったから。

しどろもどろにそう言うと、アルベルトはなぜか「そうか」と満面の笑みを浮かべた。

「俺とおまえの目的は一致するというわけだ」

「え？」

「俺のところに来るといい」

それを聞くなり、金髪の美丈夫が「陛下」と割りこんでくる。

「またそんなことをおっしゃって。城は迷子の保護施設ではございませんよ」

「これもなにかの縁だ。固いことを言うな」

「王の威光に傷がつかぬよう、目を光らせるのも側近の大切な務めと心得ております。ただでさえ陛下は昔から自由奔放がすぎて……」

「わかったわかった。俺が今日こうして在るのも頼もしい側近のおかげだ」

芝居がかったやり取りをひとりぽかんと見ていたサーシャは、ようやくのことで目の前にいるアルベルトの立場を理解した。

「国王陛下で……いらっしゃるのですか……?」

苦笑しながら頷くアルベルトに血の気が引く。

「しっ、知らずにとんだご無礼を。どうかお許しください」

慌ててその場に平伏した。

どうりで人々がいっせいに跪《ひざまず》いたはずだ。あれは国王に敬意を表していたのだ。大国イシュテヴァルダを治める王とも知らずに礼節を欠いたばかりか、視察の途中で面倒事に巻きこんでしまうなんて。


あまりのいたたまれなさに小さくなっていると、頭上から「こら」というやさしい声が降った。

「顔を上げてくれ、サーシャ。おまえは無礼なんてしていない」

おそるおそる上目遣いに顔を上げると、アルベルトが困ったように眉尻を下げる。

「そんな顔をするな。これじゃ、俺が悪いことをしているみたいじゃないか」

「とんでもない。アルベルト様はぼくを助けてくださいました。あのまま捕まっていたら怖《おそ》ろしいことになったのでしょう? だから、アルベルト様はぼくの命の恩人です」

ただただ感謝の思いしかない。

「それなのに、とても失礼なことを……」

俯《うつむ》くサーシャの肩にポンとあたたかなものが触れる。それが彼の手のひらなのだと気づいた時には、吸い寄せられるように再び顔を上げていた。

「知らないことは罪ではない。これから知っていけばいいだけの話だ。俺はそうしたいと思っている。おまえは、俺たちにそのチャンスをくれるだろう？」

「え？　あ……」

――俺のところに来るといい。

アルベルトに言われた言葉が甦《よみがえ》る。

はっとして目を見返すと、アルベルトは後押しするように器用に片目を瞑《つぶ》ってみせた。

「で、でも……あの、お城になんてご迷惑じゃ……」

金髪の美丈夫も、城は迷子の保護施設ではないと言っていた。そのとおりだと思う。町で出会った旅人をほいほいと招き入れていては、いくら大きな城だっていつかパンクしてしまうだろう。

それをどう伝えたものかと悩んでいると、考えていることを察したのか、アルベルトが小さくため息をついた。

「おまえが怖がらせるからだぞ。フランシス」

「私ですか」

話をふられた金髪の青年はやれやれと肩を竦める。なにか言いたげな様子だったが、言っても無駄とわかっているのか、はたまたそういう役回りなのか、続く言葉はなかった。

アルベルトが再度こちらに向き直る。

「迷惑だなんて思っていない。俺が、おまえに来てほしいんだ」

まっすぐな眼差しは生命力にあふれ、まるで森に住む野生の獣のようだ。厳しい環境を生き抜いてきたものだけが宿す静かな情熱に満ちている。それがとても眩しく思えて、吸いこまれるように一心に見上げた。

「招待を、受けてくれるな？」

背中を押す低い声。

イシュテヴァルダの城に上がるなんて、森の奥で暮らしてきた自分はついぞ考えたこともなかった。人目を忍ばなくてはいけない立場で多くの人の目に触れるということは、それだけ危険が増すということでもある。

それでも、もう少しだけアルベルトと一緒にいたい。彼の言うように、彼を知りたい。そのチャンスが目の前に差し出されているのなら、思いきって手を伸ばしてみたい。

「ありがとうございます。よろこんでご招待をお受けします」

ぺこりと頭を下げると、アルベルトは「そうか」とうれしそうに焦げ茶色の目を細めた。

「それならまずは紹介しよう。側近のフランシスと、侍従のテオドルだ」

アルベルトの言葉に、金髪の美丈夫が胸に右手を当てて一礼する。あれが正式な礼の仕方なのかもしれない。

「フランシスだ。家令をしている」

「はじめまして。サーシャといいます」

フランシスのやり方にならって一礼すると、アルベルトが「その調子だ」と頷いてくれた。

「フランシスは騎士階級で、城内生活を取り仕切る役目を任せている。早い話、城の中で一番偉い」

「それは陛下でしょう」

顔を顰《しか》めるフランシスに、アルベルトは悪戯《いたずら》っ子のように肩を竦めて笑う。

「このとおり、国王相手にも物怖《ものお》じしない肝の据わった参謀だ。俺の右腕でもある。頭脳明晰《めいせき》な反面、なにを考えているかわかりにくいところはあるが」

「詳細なご紹介、誠に恐れ入ります」

深々と頭を下げたフランシスは、顔を上げるなりその薄い唇を弓形に反らしてにこりと笑った。

同じ男性相手にこんなことを思うなんて失礼かもしれないけれど、そうしていると見入ってしまうほど美しい。決して女性的というわけではなく、性別を超越した美貌がそこにはあった。

「ははは。見惚《みと》れたか？」

慌てて声のした方を向くと、黒髪の男性が右手を差し出すところだった。

「俺はテオドル。身分こそ違うがフランシスとは幼馴染みだ。こいつは黙ってると美人だが、口を開くと容赦なくやられるから気をつけろよ」

「テオドル」

「おっと。さっそく釘《くぎ》を刺された」

フランシスにジロリと睨まれ、テオドルが大袈裟《おおげさ》に肩を竦める。

「おまえのその調子のいい性格はなんとかならないのか。それに、人に向かって美人とはなんだ。私は女性ではない」

「そこらの娘よりおまえの方が断然きれいだ」

「それで褒めているつもりか」

フランシスが目にも留まらぬ早技でテオドルの臑を蹴り上げる。手より先に足が出るタイプなのだろうか。気の毒なテオドルは「うおっ」と低い呻き声を上げながらその場に蹲《うずくま》った。

「気にするな。いつものことだ」

目を丸くしているサーシャの肩をアルベルトがぽんと叩く。

「そ、そうなんですか」

「あれでもじゃれ合ってるだけだ」

「陛下」

「そう睨むな、フランシス。またサーシャが怖がったらどうする」

「まったく……。ずいぶんと気に入られましたね。珍しい」

「あぁ。自分でも驚いている」

はにかむように笑うアルベルトに見下ろされ、その艶めいた眼差しに胸がドキッとなった時だ。

ぐうううう。

気がゆるんだせいだろうか、サーシャの腹の虫が盛大に空腹を主張した。

「す、す、す、すみませんっ！」

あまりの恥ずかしさに気絶しそうになりながら、とっさに頭を押さえた。こんなところでまた狼耳が出たりしたらそれこそ困る。

けれど、それを見たアルベルトは気持ちいいほど豪快に笑った。

「腹が減ってるなら腹を押さえるものだろう」

「え？　あ…、これはその……」

深い事情があるのだけれどそれを正直に言うわけにはいかず、かといって説明しないと「頭を抱えるほど腹が減っている子」と思われる現実に気づいてあわあわとなる。

「ちっ、違うんです。そこまでじゃないんです。……いえ、お腹は空いているんですけど、でも…、あの……」

そんなサーシャにテオドルは噴き出し、さらにはツンと澄ましていたフランシスまでも眉尻を下げてくすりと笑った。

「これは急いで城に戻らなくてはならないようですね、陛下」

「あぁ。サーシャ、おまえにはとびきりの食事を用意させよう」

「ありがとうございます。すみません……」

じわじわと顔が赤くなるのが自分でもわかる。

アルベルトの大きな手が伸びてきて、さぁ行こうとばかりにぽんと背中を叩かれた。

「これからが楽しみだ」

顔を赤らめながら微笑《ほほえ》み合う。

トクトクと高鳴る鼓動を感じながら、サーシャはアルベルトの馬に乗せられ、イシュテヴァルダの城へと上がるのだった。

城での暮らしは、これまでとまるで別世界だった。

豪華な部屋は見渡すほど広く、なによりとてもあたたかい。食卓につけば見たこともないような肉や野菜が並び、粗末な粥の代わりにふわふわの白パンを供された。

ここでは、寒さにふるえながら固いチェストの上で身体を丸める必要はない。羽根のようにやわらかで軽い毛布を何枚も重ね、思う存分手足を伸ばしてベッドで眠ることができる。

おかげですっかり疲れも取れたし、体調も頗《すこぶ》るいい。お腹もいっぱいになったからまたいつ狼耳が出るかと心配する必要もなくなった。ほんとうに命拾いをした。

「サーシャさん。お茶はいかがですか」

かわいらしい声にふり返ると、世話係のクラウスが茶器の載った銀盆を手に微笑んでいた。

テオドルの弟で、兄と同じく侍従としてアルベルトに仕えている少年だ。

大人びた兄とは対照的に、その頬や眼差しにはまだまだあどけなさが残る。聞けばサーシャより二歳年下だそうで、そんなクラウスがせっせと着替えを用意したり、お茶を入れたりと甲斐甲斐《かいがい》しく世話を焼いてくれるのをはじめのうちは落ち着かない気持ちで受け止めていたけれど、親しくなるにつれて弟ができたようでうれしくなった。

「どうぞ」

「ありがとうございます」

慣れた手つきで入れてくれたお茶を一口飲み、ほうっと息を吐く。

「おいしい……。クラウスさんはお茶を入れるのがお上手ですね。お給仕が専門なんですか？」

褒められてうれしかったのか、クラウスは「へへ」とはにかみ笑った。

「ありがとうございます。でもおれ……じゃなかった、ぼく、早く兄みたいにもっと男らしくなって陛下の護衛隊に入りたいんです。ぼくの家は騎士階級じゃないから騎士団には入れないけど、実力がものをいう護衛なら頑張ればできるかなって」

そのお手本となった兄テオドルに憧れて自らも侍従の道を選んだのだそうだ。

そういえば、はじめてテオドルたちに会った時も騎士階級という言葉を聞いた気がする。生まれついた階級によってつける職業が違うんだろうか。

なにげなく訊ねると、クラウスは驚いたように目を丸くした。

「サーシャさん、ご存知ないんですか？　……あ、そっか。他の国から来られたんでしたっけ。フランシス様のように貴族階級の方は、家令や騎士などの特別な役職につくことができます。おれの家はもともとフランシス様のお家に仕える立場で、フランシス様のお父様がお城に上がることになった時、おれたちも一緒に」

「そうだったんですね」

なるほど、それでテオドルとフランシスは幼馴染みと言っていたのか。

「テオドルさんは強くて格好いい方ですよね。町で助けていただいた時も、酔っ払いをあっという間に縛り上げて……。憧れる気持ち、わかります」

そう言うと、クラウスがぱっと顔を輝かせる。

「おれもっ…、じゃなかった、ぼくもそう思います」

「ふふふ。ぼくといる時は『おれ』って言っても大丈夫ですよ。いつもそうなんでしょう？」

いちいち言い直すのは大変そうだ。

そう言うと、クラウスは顔を赤らめながら「すみません」と照れ笑いした。

「テオドルも『俺』って言うから、真似してるうちに……」

「憧れですもんね」

「あ、でもこれは兄ちゃんには言わないでください。やっぱり、その…、恥ずかしいから」

「わかりました」

ふたりで微笑み合っていると、ドアがノックされ、件《くだん》の人物が顔を見せた。

「俺の名前が聞こえたような気がしたが」

「気のせいですよ」

噴き出しそうなのをこらえて首をふる。

テオドルはサーシャとクラウスふたりの顔を交互に眺め、それから小さく肩を竦めた。

「なにか企《たくら》んでる顔だが、まぁいいか。……それよりサーシャ、恩返しに働きたいと言ってた件だが」

「は、はい」

思わずピンと背筋が伸びる。

町で助けてもらっただけでなく、城で寝食に与《あずか》った礼をしたいと、クラウスを通してテオドルに願い出ていたのだ。

「本来なら、城の中のことはフランシスに一任されてるが、陛下ご自身がおまえを気にかけていらっしゃる。そこで、陛下に相談した」

「わざわざありがとうございます」

どんな仕事を与えられるんだろう。

力仕事はあまり向いていないかもしれないけれど、そうと決まったら一生懸命やるつもりだし、家事なら大抵のことはやれると思う。家とお城じゃ勝手が違うだろうから、一から勉強させてもらうつもりで頑張ろう。

そんなことを思いながらまっすぐに彼を見上げていると、テオドルはなぜか眉尻を下げて苦笑した。

「なるほど。陛下が言ったとおりだ」

「え？」

「頑張ろうとしてくれるのはありがたいが、まずは俺たちのことをよく知ってくれ。だそうだ」

アルベルトからの伝言だとつけ加えたテオドルは、続いて「俺がおまえの家庭教師に任命された」と語った。

「家庭教師…、ですか？」

「別の国から来たなら知らないことも多いだろう。イシュテヴァルダの歴史や城のこと……知りたくはないか？」

誘うように微笑まれ、とっさに「はい！」と立ち上がる。

自分の放った声の大きさにびっくりして目を丸くするサーシャに、テオドルとクラウスは顔を見合わせて噴き出した。

「その意気だ」

テオドルに促され、サーシャは再び椅子《いす》にかける。

テオドルもその前に腰を降ろすと、「まずは、この城のことから教えよう」と話しはじめた。

高い丘の上に建てられたイシュテヴァルダ城は、

王族の居住空間であると同時に塔や濠《ほり》、城壁、城門などの防御機能を備えた軍事施設だ。

敷地は二重構造になっており、外から跳ね橋を渡って城門を潜ると、まずは城で働くものたちの持ち場がある。城の食事を賄《まかな》う調理場や武具を製造修理するための作業場、それに戦闘や狩りに必要な馬をつないでおくための厩舎《きゅうしゃ》などだ。それ自体がひとつの町のようになっているのだとテオドルが教えてくれた。

それらを見下ろすようにして、奥にそびえているのが石造りのこの城だ。

ここに来てすぐ、簡単に案内してもらったけれどあまりに広くてその全容はまったく摑めていない。

そう言うサーシャに、テオドルは「そりゃそうだ」と肩を竦めた。

なんでも軍事会議や裁判といった統治を行うための部屋からはじまって、祝祭のセレモニーを行う広間、晩餐会《ばんさんかい》を開くための大広間、食事や余暇を過ごす部屋、礼拝堂や図書館、城で働くものたちの居住区と、それはそれは多くの区画が存在するらしい。

ちなみに地下は備蓄倉庫に使われ、最上階は国王の私的空間なのだそうだ。

「そんなにたくさん……！」

「驚くのはまだ早いぞ。人はもっとたくさんいる」

テオドルは得意げに笑いながら「まずは国王陛下だ」と人差し指を立ててみせた。

「王というのは、俺たち民にとって心の支えであると同時に日々の安全を守ってくれる存在だ。信頼し、尊敬しているからこそ、俺たちも国に対して奉公することができる。一方で、王の役割を端的に言えば城と領土の管理者ということになる。城内や国内の状況を把握して、家臣に指示を出す。裁判をすることもあれば、敵が攻めてきた時には命懸けで国を守るし、それに備えて防衛手段を手厚くするなんてこともある」

それらの指示を与えるのは主に三者だ。城内と領土を管理する家令には運営方針の決定を、司祭には決済や裁判に必要な公文書の作成を、騎士には軍事活動を、それぞれ命じる。

「たとえば、フランシスは城内管理を任された家令だ。あいつには城中の使用人を束ねて指示を出す役目がある」

彼とは別に、領土を管理する家令もいるのだそうだ。仕事量を考えればそういうものかもしれない。

「司祭様というのは、教会にいらっしゃるものではないんですか？」

森にいた頃、風の噂で日曜日は礼拝をするのだと聞いたことがある。

「あぁ、もちろん教会運営を執り行っておられる。それ以外にも子供たちに勉強を教えたりな。陛下も今の司祭様に勉強を習われたそうだぞ」

「いいなぁ。ぼくは字も読めなくて……」

「勉強したいのか？　珍しいやつだな」

「したいです。勉強したら本が読めるようになるのでしょう？　そうしたらもっとアルベルト様のお役に立てることが増えるかもしれません」

勢いこんで言うと、テオドルは一瞬ぽかんとした後で、それからぷっと噴き出した。

「陛下はずいぶん好かれたなぁ」

「え？」

「いや、こっちの話だ。それなら俺が陛下に伺ってみよう。サーシャが字を学びたいと言っていたと。お許しが出れば司祭様が、お忙しいようなら俺が教えてやる」

「ほんとうですか！」

うれしさのあまり何度も何度も頭を下げる。

そんなサーシャに、テオドルは「よせよ」と照れくさそうに苦笑した。

「それよりどこまで話したっけな……えーと……」

「司祭様のとこだろ、兄ちゃん」

　横からクラウスが割りこんでくる。それとなく用事を片づけながらも気になってしかたなかったのだろう。なにせ憧れの兄がそこにいるのだ。

　テオドルは気の利く弟に「そうだった」と肩を竦めた。

「最後に騎士だ。この国には王家付の騎士団というのがあって、王の視察や狩りに同行することになっている。城の警備にも当たるし、日々訓練を欠かさない」

　そのため、騎士団の面々はその身体つきから一目でそれとわかるのだそうだ。

「あとは、伝令に侍従だな。フランシスから命令を受けて動くという意味では一緒だが、伝令はその名のとおり伝えることが使命だ。王の手紙や物品を他の国の貴人のもとへ運搬する。高い語学力と交渉力が必要とされる」

　その一方で、道中は賊や野犬に襲われたり、国交関係の攪乱《かくらん》を狙う他国から命を狙われることもあるそうで、常に危険と隣合わせの仕事なのだそうだ。

「一方の侍従は俺たちのことだ。給仕や来客対応が主な仕事だが、内容は多岐に渡る。中には俺みたいになんでも屋扱いされることもある」

「兄ちゃんはフランシスさんとも長いつき合いだし、陛下からも『機転が利く』って買われてるもんね」

「どうした、やけに持ち上げるじゃないか。褒めてもなにも出ないぞ」

「そんなんじゃねーやい」

クラウスがかわいらしく舌を出す。

そんなやり取りが微笑ましくて、サーシャはついつい笑ってしまった。

「その他にも従卒や侍女、執事に料理人、厩舎長、兵士……門番なんかも加えていくととんでもない数になる。俺も正確には何人いるかわからない」

「そ、そうなんですね」

どうりでいつもたくさんの人が行き交っているわけだ。そのすべてに役割が与えられていて、朝から晩まで忙しそうにしているなんてすごいことだ。

サーシャが目を丸くしていると、それを見たテオドルが同意するように頷いた。

「国を動かしてるわけだからな。俺も城に上がるまでは知らないことも多かった」

「そのすべてをまとめていらっしゃるフランシスさんはほんとうにすごい方なんですね」

「あぁ。あいつの記憶力には舌を巻く」

「兄ちゃん、去年の誕生日すっぽかして怒られてたもんな」

「クラーウス」

テオドルの軽い睨みもなんのその、クラウスはくすくすと笑うばかりだ。兄弟で茶々を入れながらの講義は楽しく、またはじめて聞くことばかりでとても勉強になった。

テオドルの話の後はお待ちかねの夕食だ。

これまでは宛がわれた部屋でひとりで食事をしていたサーシャだったが、今夜はフランシスとテオドルが一緒にテーブルを囲んでくれるのだという。誰かと話をしながら食事をするなんて母のオルガが生きていた頃以来だ。

テオドルに案内してもらい、部屋のドアをノックすると、食器が触れ合う音に混じって奥からフランシスの応えが返る。飴《あめ》色のドアが内側から開かれ、家令直々に出迎えてくれた。

「やぁ」

「こんばんは。お食事にお誘いいただき、ありがとうございます」

ぺこりと一礼すると、フランシスがわずかに驚いたように柳眉を上げる。

「これは感心だ。最低限の礼節は持ち合わせているらしい」

「え？」

「テオドルのような絶望的な生徒じゃなくて安心したと言ったんだ」

どういう意味だろうと後ろにいるテオドルをふり返っても、彼は苦笑しながら肩を竦めるばかりだ。

もう一度正面を向いたサーシャに、フランシスは優美な笑みを浮かべてみせた。

「今日から私がおまえを指導する。食事のマナーは特に厳しく見るからそのつもりでいるように」

決定事項として告げられ、驚いてしまった。家令である彼がどんなに多忙な毎日を送っているか、先ほどテオドルから聞いたばかりだ。

「あの…、お気持ちはとてもありがたいのですが、お忙しいフランシスさんにそんなことまでさせるわけにはいきません」

「これは陛下のご命令だ」

「アルベルト様の？」

思わず動きが止まる。

「いつか、なにかの折りに陛下と同じ卓につくこともあるだろう。その時に食事のマナーがなっていなくては陛下に恥をかかせることになる。……無論、それ以前に私が同席を許さないが」

そう言われて、なるほどと思った。

国王であるアルベルトと一緒にいるということは、知識や立ち居ふるまいのすべてに義務が伴うということでもあるのだ。だからこの国のことはテオドルが、マナー全般はフランシスが教えてくれるというのだろう。

「ありがとうございます。せめて、一生懸命頑張ります」

「その言葉、忘れるなよ」

フランシスは薄い唇を弓形に撓《しな》らせ、ふたりを部屋に招き入れてくれた。

中は、思っていた以上に小さな部屋だった。家令専用の私室なのだそうだ。

「いつもは侍従たちと一緒に食事を摂っているが、その中におまえを放りこむわけにもいくまい。あちらはもうひとりの家令に任せた」

そう言いながらフランシスが四人掛けのテーブルにつく。その左手側にテオドル、右手側にサーシャが座った。いよいよだ。

「はじめてくれ」

フランシスが奥へ声をかけるとすぐ、白い服を着た恰幅《かっぷく》のいい男性が現れた。

見たところだいぶ高齢に思えるが、若者のような生き生きとした表情を浮かべ、先がくるんとカールしたかわいらしい髭《ひげ》を蓄えている。

男性は胸に右手を当てながら恭しく一礼した。

「サーシャさん、はじめてお目にかかります。お城の料理長を任されております、イリスと申します。私は昔からおいしいものに目がない質《たち》でして、その証拠にお腹がこんなに……。フランシスさんにはいつも『食料貯蔵庫か』とからかわれておりますよ」

イリスは片目を瞑りながら、ほっほっほっとあかるい声を立てて笑う。そうやって笑うたびに樽《たる》のようにに大きなお腹がぷるぷると揺れて、サーシャまでつられて笑ってしまった。

「これから日夜特訓に励まれるそうでございますね。フランシスさんのレッスンをお受けになれば、羊の丸焼きだろうと、ユニコーンだろうと、お行儀よく召し上がれるようになりますよ」

「えっ」

ユニコーン？

目を丸くするサーシャを見て、こらえきれないとばかりにテオドルが噴き出す。

「いくらイリスでも、伝説の一角獣を料理するのは無理だろう」

「ですが、狩りのお好きな陛下がいつ仕留められるとも限りません。レシピは考えておきませんと」

「なるほど。こいつは心強い」

戯《おど》けるイリスにテオドルが合いの手を入れる。場がほっと和んだところへ、料理人たちがテーブルに料理を並べてくれた。

「本日は鹿のローストに、レンズ豆と燻製《くんせい》肉のシチューをご用意いたしました。サーシャさんのご要望にお応えして、パンもたくさん」

「わぁ！」

小麦で作った白いパンだ。

顔を輝かせるサーシャに、フランシスが「まずは祈りだ」と教えてくれる。神への感謝を捧げると、次は乾杯となった。フランシスとテオドルは銀製の盃《さかずき》に注がれたワインを、サーシャは酒を遠慮して子供用のシロップを薄めたものを、目を合わせながら飲む。

メインの肉はフランシスが大きなナイフでそれぞれに切りわけてくれた。はじめて食べるローストの味に目が丸くなる。それを見たイリスはサーシャが肉を喉に詰まらせたのかと勘違いし、大慌てをするという一幕まであった。

「こんなにおいしいもの、生まれてはじめて食べました」

「おお……なんというう れしいお言葉を……」

「お城では、皆さんいつもこんな食事を？」

サーシャの問いに、イリスは「身分にもよりますが」と頷いてくれる。

「陛下や、身分の高い方々のメイン料理には牛や羊、鹿、鶏《とり》肉などのローストやシチュー、それから丸焼きをこしらえることもございます。豚肉は冬に入る前に塩漬けにしておいたものを野菜のスープに入れたり……。今日のように、豆と一緒にシチューにすることもありますよ。お好きなものがありましたらご遠慮なくおっしゃってくださいませ」


さぁどうぞとばかりに両手を広げられ、いっせいに視線を向けられたサーシャは、返す言葉がなく狼狽えた。

「すみません。そういうものを食べたことがなくて……パンも、お城ではじめていただいて……」

「パンもか？」

「どういうことだ」

テオドルとフランシス、ふたり一度に問われて、サーシャはうろうろと視線を泳がせた。

「暮らしが貧しかったもので……いつも家で大麦を挽いて、それをお粥にしていました」

パンを焼くためには小麦を細かく挽かなければならない。

だが、粉を挽く臼も、パンを焼く窯も、金を払って領主が所有しているものを借りなければならないという決まりがあり、隠れて生きている上に現金を持たないサーシャにはそれができなかったのだ。大麦粥ならそこまで細かく挽かなくてもいいので自宅の石臼で事足りたし、エンドウ豆などを一緒に煮ればそれなりに腹も膨れた。

そう言うと、フランシスは「あぁ」と頷いた。

「だからあの時、大麦を買う資金を稼ぐと言っていたんだな。どういう意味かと思っていたが……」

「深い意味なんてありません。去年は不作で収穫がほとんどなかったので、備蓄食料がなくなってしまったんです」

「家族はどうしてるんだ。おまえだけ町に出てきて、家族は国に残ってるのか」

テオドルの言葉に一瞬なんと答えるべきか迷ったが、正直に打ちあけようとサーシャはゆっくり首をふった。

「家族はいません」

「サーシャ？」

「父は、ぼくが子供の頃に亡くなりました。母も、六年前に……」

「そうだったのか。悪かった」

「いいえ。ぼくには両親が遺してくれた家がありますし、小さな畑も……。それを守りながら暮らすことがぼくにはしあわせでしたから」

「おまえはいい子だな。陛下が連れて帰りたくなった気持ちもわかる」

テオドルが励ますようにポンと肩を叩いてくれる。

「ひとりで暮らしていて寂しくはなかったのか。辛い思いもたくさんしただろう」

フランシスの声もやさしい。慮《おもんぱか》るような眼差しを受け止めながら、サーシャはゆっくりと首をふった。

「おふたりとも、ありがとうございます。寂しくなかったと言ったら嘘になりますが……でも今は、こうしておふたりと一緒に食事ができます。誰かと話しながら食事をするなんて何年ぶりでしょう。母が病に倒れてからは寝たきりで、食卓を囲むこともありませんでしたから、こうしていられるだけで充分です」

「サーシャ……」

テオドルが意を決したようにワインの入ったコップを置く。

「よしわかった。これからはこうして毎晩一緒に飯を食おう。少しぐらいマナーがなってなくたって、その時は俺が庇《かば》ってやる」

「それとこれとは話が別だぞ、テオドル。ついでにおまえのマナーも指導してやる」

「おまえにはやさしさってもんがないのか」

「厳しく躾《しつ》けるのも愛情のうちだ。……サーシャ、陛下と晩餐を楽しみたいだろう？　陛下もおまえと食事をするのをきっと楽しみにしていらっしゃる。忙しい方だから、いつチャンスが巡ってくるかはわからない。急に機会が与えられてもいいようにしっかり学んでおくといい」

「はい。ぜひ」

力強く頷く。

そんなサーシャにフランシスは満足げに頷いた後で、すっといつもどおりの顔に戻った。

「それならさっそくだが――テーブルの上に肘をつくな。ナイフで肉を口に運ぶな。テーブルクロスで手を拭くな。床に落としたものは拾わなくていい」

矢継ぎ早な指摘に「うう…」となりかけたが、それもこれもアルベルトと食事をするためならとひとつずつあらためる。そんな素直なサーシャを指し、「おまえも見習え」とテオドルまで怒られていたのには少し申し訳なかったが。

「やれやれ……。うちの家令殿は滅法厳しい」

「イシュテヴァルダの沽券《こけん》に関わるからな」

「俺たちの前ではもっと気を抜いてていいんだぞ？　子供の頃はよく泥だらけになって遊んだじゃないか。楽しかったなぁ」

「私たちが今いくつだと思っているんだ」

フランシスがやれやれと嘆息する。

「おまえは来年三十歳だろう」

「フランシスはまだ二十七だ」

「それで許されると思っているのはおまえぐらいなものだぞ」

眉間に皺を寄せる美丈夫に、テオドルは声を立てて笑った。

「まぁ泥遊びは冗談だが、もう少し気楽にしてもいいだろう。せっかくの美人が台無しだ」

「台無しで結構」

「そういう気の強いところがおまえのいいところだよな」

「喧嘩を売っているのか」

「まさか。これでも褒めてる」

「理解不能だ」

ポンポンと続く言葉の応酬にしばらくぽかんとしていたサーシャも、ようやくのことでこれが彼らなりのコミュニケーションなのだと合点がいった。

「本音を言い合えるって、いいですね」

だからぽろっと思ったことを口にすると、それまでやり合っていたふたりが同時にこちらを向く。

「待て。誤解も甚だしい」

「サーシャはわかってくれるんだな」

おまけに声まで被るものだから、もう少しで噴き出してしまうところだった。

そんな中、「お食事中に申し訳ありません」と断ってフランシスの部下が入ってくる。何事か相談したいことがあったようで、フランシスも「失礼」と席を立って行ってしまった。

部屋を出る背中を目で追いながら、テオドルがやれやれと嘆息する。

「食事ぐらい、落ち着いて食わせてやりたいんだけどな」

「いつもこうなんですか？」

「座って食えるだけマシってぐらいだ」

それはもう忙しいというレベルですらないんじゃないだろうか。

目で問うサーシャに、テオドルは「だよな」と眉尻を下げた。

「あいつは昔からああなんだ。自分のことはいつも後回しにして仕事仕事。それで早々に音を上げるんならまだしも、うっかり有能な男だからなぁ……。なんとかなるってやってるうちに、本格的にぶっ倒れる」

去年は風邪を拗《こじ》らせて、もう少しで生死の境を彷《さ》徨《まよ》うところだったらしい。

「それはさぞやご心配だったでしょう」

病人を看護する心細さはよくわかっている。ただでさえ大変なのに、その上フランシスは城をまとめる大事な家令だ。

「もう城中がてんやわんやさ。イシュテヴァルダの要だからな。見かねた陛下がとうとう『治るまで出てくるな』って一喝してくれて、やっとベッドに収まった」

「具合が悪いのに、どうしてそんなにまでしてお仕事を……？」

「プライドだろうな。親子二代で家令をやってるフランシスにとって、この城を取り仕切ることが生き甲斐なんだ。あいつの親父《おやじ》さんも頑固者で有名だったが、息子はそれに輪をかけて融通が利かない。そのくせあの見た目だろ？　氷の美貌だなんだって城に招待客が来るたびに大騒ぎになる。そしてそのたびに俺はあいつの憂さ晴らしで向こう臑を蹴り飛ばされるんだ」

大袈裟に嘆くテオドルに、悪いと思いながらも笑ってしまった。

「フランシスさんのことを、テオドルさんはよく見ていらっしゃるんですね」

「長いつき合いだからな」

テオドルがふっと目を細める。

「あいつは、小さい頃に陛下の遊び相手として仕えてたことがあるんだ。だから陛下の考えることならお見通しだし、いい相談役にもなってると思う。陛下が弱音を吐けるのはフランシスぐらいなもんだ。仕事の面でも、信頼という面でも、この国にとって欠かすことのできない家令だよ。あいつは」

「すごい方なんですね……」

フランシスが双肩に担っているものの大きさを垣《かい》間見《まみ》た思いだ。圧倒されるばかりのサーシャに、テオドルはけれど困ったように眉根を下げた。

「そんなだから、なんでもかんでも抱えこむ。弱音の吐けないやつなんだ。この環境があいつをそうさせたのかもしれない。……だから、それを無理やり引き摺《ず》り出すために俺がいる」

テオドルがきっぱりと言いきる。漆黒の双眼は蠟《ろう》燭《そく》の炎を映して力強く輝いていた。

「俺にならいくらでも悪態がつけるんだ。さっきの聞いたろ？」

「他の方には言わないんですか？」

「あの品行方正で通ってるフランシスがそんなこと

したら城がひっくり返る」

　テオドルがククッと喉奥で笑う。

「悪態ついでに本音を引っ張り出せたらしめたもんだ。ストレス発散も兼ねてな。いつももっと気軽に話せって言ってるんだが……なにせあの性格だ。そう簡単には口を割らない」

「もう。そんなことを言ったら怒られますよ」

「なに。慣れてるさ」

「私の悪口を言う暇があるなら仕事を増やすぞ」

　はっとしてドアの方を見ると、フランシスが表情ひとつ変えずに入ってくるところだった。勝手に話題にしていたことをサーシャが謝るより早く、テオドルが大袈裟に肩を竦める。

「ほらな。いつもこうだ」

「テオドル」

「はいはい」

「はいは一回」

　ピシリと言い含めながらフランシスが席に戻った。けれどその頬が少しだけ赤く見えるのは気のせいだろうか。

　——心配してるって、わかってくれてる……？

　思わずテオドルの方を見ると、彼は片目を閉じてそれに応えた。

　言葉にこそ出さないけれど、ふたりには通じるものがあるのだろう。きっと、子供の頃から変わらないに違いない。

　それがなんだか微笑ましくてサーシャはふふっと笑ってしまう。

　蠟燭のあたたかな光が、しっくりと馴染みはじめた三人を照らした。

アルベルトから散歩に誘われたのはそれから二日後のことだった。

城の中は広く、また部外者のサーシャが大っぴらに歩き回るわけにもいかず、アルベルトの顔を見ることもできずにいたのでうれしい誘いだった。

ふたつ返事でクラウスに取り次いでもらい、ようやくのことで逢瀬《おうせ》が叶《かな》う。

ここに来るようにと言われていた謁見の間に行くと、そこにはたくさんの家来を従えたアルベルトの姿があった。

真っ白な長衣を纏っているのはかつての師である司祭だろうか。その隣には甲冑《かっちゅう》姿の騎士もいる。首に緋《ひ》色のスカーフを巻いているから騎士団の中でも特に位の高い人かもしれない。アルベルトの左後ろにはいつもどおりフランシスも。

王直々に命令を下すスリートップが揃《そろ》っているということは、特に大事な話をしているのだろう。

真剣な表情のアルベルトは彼らを率いる王にふさわしい威厳に満ちた顔をしていた。おいそれとは近寄れない毅然《きぜん》とした雰囲気に圧倒されてしまう。まるで知らない人みたいだ。町で声をかけてくれた時の、あの気さくな空気は今はなかった。

――国王陛下、なんだな……。

わかっていたことなのに、こうして見ると彼がとても遠い存在に感じる。自分だけに笑いかけてくれたアルベルトは、彼の中のほんの一面にしか過ぎないのだ。

そう思った途端、チクリと胸が痛む。自分の身になにが起きたのかよくわからなくてサーシャは慌てて胸を押さえた。

「サーシャ」

突然真横から名を呼ばれ、ビクッと肩が跳ねる。

慌てて声のした方に顔を向けると、アルベルトの後ろに控えていたはずのフランシスが立っていた。

「フ、フランシスさん」

「そう怯《おび》えなくてもいいだろう。……話し合いはもう少しかかる。それまでおまえの相手をしていろと陛下のご命令だ」

「え？」

ずっと見ていたけれど、アルベルトとは一言も言葉を交わしていなかったように思うけれど。

首を傾げるサーシャに、フランシスは小さく嘆息した。

「いちいち言われずとも察してこそ家令というものだ。こちらに来い」

フランシスに伴われ、控えの間に連れていかれる。謁見を待つものたちが待機するための小さな部屋だ。窓からは城下が一望できた。

「わぁ。すごい高さ……」

思わずほうっとため息が洩れる。森の中にいた時はこんな景色なんて見たこともなかった。

「怖いか」

「いいえ。鳥になったようで不思議な気分です」

「鳥、か……。それなら、さしずめここは鳥籠だろうな」

「え？」

どういう意味だろう。なにか思うところがあるのだろうか。

じっと見つめていると、フランシスはどこか遠くを見るような目をしながら、もう一度静かに息を吐いた。

「陛下のことだ」

「アルベルト様の……？」

「王はこの城で生まれ、この城で育つ。この城で伴侶を得て、次の代に命をつなげる。私はずっとそれを当たり前だと思ってきた。……だが、当人にとってはそれを息苦しく思うこともあるのだと、陛下にお仕えするほどに感じるのだ」

敵から国の威信を守るための頑丈な城。それが当主を閉じこめるための鳥籠に思えることがあるとフランシスは小さく呟く。

「私は、子供の頃は陛下の遊び相手を務めていた。だから陛下のお心は誰よりもよくわかっていると自負している」

「はい。テオドルさんから聞きました」

「テオドルが？　……そうか」

家令の目がふっとやわらぐ。その表情に、言葉以上のものが伝わったのだとサーシャにもわかった。

「子供の頃の陛下はそれはそれはやんちゃな方だった。悪戯をお止めしなければならない立場の私を唆《そそのか》して、楽しませて……見つかって叱られれば自らが矢面に立って……。使用人を庇うなど今考えてもおかしな話だ。そのような好奇心旺盛で弾丸のような王子を、前国王陛下も皇后陛下も微笑ましく見守っておられた」

その頃のことを思い出しているのか、フランシスが目を伏せながら小さく笑う。きっととても楽しい子供時代を過ごしたのだろう。

「大人になってからも陛下の好奇心は衰えることがなかった。むしろ洞察力として昇華され、国家のために尽力されたのだ。歴代の国王の中でも群を抜く戦闘能力の高さはイシュテヴァルダの歴史が証明している。そればかりか、国策にも長《た》けた賢王として臣下や国民からの信頼も篤《あつ》い。勇壮な主人は私の誇りだ」

「フランシスさん……」

彼がこうも饒舌《じょうぜつ》に語るところを見るのははじめてだ。心からアルベルトのことを尊敬し、誇らしく思っているのだろう。小さな頃から仕えていればなおのこと、思い入れもひとしおに違いない。

「まぁ、大人になってもやんちゃなところはあいかわらずだが」

苦笑したフランシスは、一分の乱れもない服装にあらためて手をやって、それから身体ごとこちらへ向き直った。

「陛下が城の中で息苦しい思いをされないよう、気を配ることが私の使命だ。……たまたま出会ったばかりのおまえにこんなことを言うのはおかしいかもしれないが、陛下はおまえに気を許したがっているように思う。いや……、もう許していると言うべきか。そうでもなければ町で知り合っただけの旅人を城に連れて帰るなどと言うわけはない」

「アルベルト様は誰にでも親切にされるのではないですか」

「そんなことを私が許すとでも思うのか」

「でも、それじゃどうして……」

「勘だ」

「……勘」

「家令の勘だ。おまえなら、陛下の息苦しさを紛らわせてくれるのではと」

わかったような、わからないような。

それでも、フランシスの考えを知ることができてよかった。城の中でなんの役割もないまま厄介になっていることを心苦しく思っていたからだ。

そう打ちあけると、フランシスは「それなら」と頷いた。

「陛下の気晴らしに一役買ってくれないか。おまえとの散歩を陛下のご予定に組み入れるようにする。

どうだ」

「はい。ぜひ」

「わかった。私から陛下に提案しておこう」

お礼の気持ちをこめてフランシスに一礼したところで、静かにドアがノックされた。騎士たちの謁見が終わったのかもしれない。目を見交わしたフランシスが扉を開けると、そこにはなぜか侍従を連れたアルベルト本人が立っていた。

「アルベルト様」

「陛下。こちらにまでおいでになるとは」

驚くふたりの顔を交互に見ながらアルベルトが白い歯を見せる。

「すまなかった、待たせたな。……フランシス、助かった」

「恐れ入ります」

恭しく一礼するフランシスに頷くと、アルベルトは再度こちらを見た。

「サーシャ、散歩に行こう。遅くなった詫《わ》びにおまえにいいものを見せたい」

「はい」

促されるまま部屋を出る。

散歩と言うからてっきり外に行くのかと思いきや、アルベルトが連れていってくれたのは城内でもまだサーシャが足を踏み入れたことのない奥まった場所だった。

歴代の王の肖像画を飾った部屋や、王家の旗を掲げた部屋など、王家に縁のあるものしか立ち入ることを許されないプライベートルームだ。中には、交易のある国から贈られたという武器を壁一面に掲げた部屋もあった。

この城を建てたのはどんな人物か、王家の紋章はどのようにして定められたのか。戦争の際にはどのようにして人々を守り、国を存続させてきたのか。今まさにイシュテヴァルダの歴史を教わっている最中の自分にとって、それらすべてが生きた証拠だ。夢中になるサーシャに、アルベルトは歩調を合わせながらひとつひとつていねいに説明してくれた。

「さて、そろそろ休憩するか」

最上階の部屋まで来たところでアルベルトが人払いをする。きょとんとして見ていると、彼は「ここは私室だ」と小さく笑った。

「たまには人目を排してゆっくりしたくなる時もある。おまえがここぞとばかりに俺に危害を加えるというなら話は別だが」

「そ、そんなことっ」

「冗談だ」

ニヤリと笑われ、からかわれたと気づいてももう遅い。

「アルベルト様は意地悪です……」

「ははは。すまなかった。おまえの困った顔が見たくてな」

「ほら。意地悪じゃないですか」

なおも頰を膨らませると、アルベルトはおかしくてたまらないというように声を立てて笑った。

「こんなに笑ったのは久しぶりだ。これほど気が休まったのもな」

「毎日、お忙しくされているんですね」

「フランシスが次から次へと仕事を持ってくるおかげでな」

アルベルトが顔を顰める。

それを見て、サーシャもつい笑ってしまった。

「フランシスさんは、アルベルト様をとても尊敬しておいでです。勇敢な賢王なのだと」

「あいつめ。煽《おだ》てると俺がやる気を出すのをよく知っている」

「ふふふ。さすがフランシスさんですね。でも、ご褒美も用意してくださるとおっしゃっていましたよ。これからはアルベルト様との散歩を予定に組み入れるって。……あ、これはフランシスさんからお話しされるんでしたっけ……」

それに、よく考えたらこれはサーシャにとっての『ご褒美』であって、アルベルトがどう思うかはまだわからない。勝手なことを言ってしまったとおそるおそる上目遣いに見上げると、それを見たアルベルトが小さく笑った。

「フランシスには俺から言っておこう。これから毎日、サーシャと散歩ができるように」

「ほんとうですか」

「あぁ。朝から晩まで仕事仕事では息が詰まる。もちろん政務も大事だが、たまには息抜きも必要だからな」

「ぼくでお役に立てるなら、いくらでも」

「違う。サーシャ」

「え？」

なにか拙《まず》いことを言ってしまっただろうか。

またも小さくなりかけたサーシャに、アルベルトはやさしく首をふった。

「おまえのことを暇潰しだなんて思っていないと言いたかった。俺は、おまえと話せるのを楽しみにしているんだ」

「アルベルト様……」

まっすぐな眼差しに彼が本気でそう言ってくれているのが伝わってきて、気持ちがほっとあたたかくなる。

「そう言っていただけてうれしいです。ぼくも、アルベルト様ともっとお話ししてみたいって思っていました」

「そうか。おまえもか」

「はい」

こくりと頷くと、アルベルトはますますうれしそうに目を細める。そうしてゆったりとしたソファにともに腰を下ろすと、穴の開くほどサーシャの顔を見つめてきた。

「あ、あの……」

「どうした」

「そんなに見られると、お…、落ち着かないです」

「人に見られるのは慣れていないか。おまえのように美しいものが歩いていたら皆がふり返って眺めるだろうに」

「へっ？」

あまりに思いがけない言葉に、つい素《す》っ頓狂《とんきょう》な声が出た。

「そんなことを言うのはアルベルト様ぐらいです。美しさならフランシスさんの方がよほど。それに、親しみやすさならテオドルさんが、元気のよさならクラウスさんの右に出るものはいないでしょうし、お茶目な人といえば料理長のイリスさんです。なにより……」

もうひとり、ぜひともつけ加えなくてはいけない人がいる。

「男らしくて格好いいというのなら、アルベルト様が一等です」

そう言うと、アルベルトは一瞬目を瞠《みは》った後で噴き出した。

「そうまっすぐに褒められると返す言葉に困るものだな」

「ほんとうですよ」

「あぁ。おまえの言うことだ。信じよう」

アルベルトは笑いながら窓の方に顔を向ける。

つられてそちらを見ると、一面に広がる青空の中、大きな翼を広げて悠々と飛ぶ鳥の姿が目に入った。森に住んでいた頃は家の遥《はる》か上空を旋回していたあの鳥だ。それを同じ目線で見ているなんて。

自分が丘の上の城にいることをあらためて実感する。この国で一番高いところだ。まさかこんな景色を見られる日が来るなんてこれまで考えたこともなかった。

「ここに来てからはどうしていた？　城の生活には慣れたか？」

落ち着いたアルベルトの声にサーシャはそちらを向き、「はい」と頷く。

「おかげさまで、とてもよくしていただいています。いろいろなことを毎日教えていただきますし、おいしいご飯をいただいて、あたたかいベッドで眠って、なにひとつ不自由のない暮らしを」

「そうか。それはよかった」

気にかけてくれていたのだろう、アルベルトは心からほっとしたように笑った。

「フランシスとテオドルを教育係につけたものの、おまえに対して押しつけにならないか、実は少し心配していた」

「心配だなんて。ぼくはとてもうれしいです。このイシュテヴァルダのことを知ることができて」

森の奥でひっそりと生きていた自分は、こんな機会でもなければきっと一生知ることもなかっただろう。父レオンのように人間の女性と結婚すれば知識を得たかもしれないけれど。

そこまで考えてふと、フランシスが言っていたことを思い出した。

――王はこの城で生まれ、この城で育つ。この城で伴侶を得て、次の代に命をつなげる。
アルベルトもいずれ妻となる人を得るのだろう。
いや、とっくにいてもおかしくない。
――アルベルト様が、お后《きさき》様を……？
そう思った瞬間、またも胸が針で刺されたように
チクリとなる。
だがそれがどうしてなのかわからず、サーシャは
そっと目を伏せた。フランシスはこうも言っていた
――城は当主を閉じこめるための鳥籠のようだと。
今、自分といるアルベルトは息苦しそうには見え
ない。
けれど、それはほんの一時のことで、いつも一緒
にいるフランシスから見ればアルベルトは辛そうな
顔をしているのだろうか。こんな立派な城で多くの
家臣を得て、武勇に優れ知将と謳《うた》われ、それでもな
お、心のどこかにぽっかりと穴が開いていたりする
んだろうか。
考えこんでいると、それを察したのか、アルベル
トが「どうした」と声をかけてきた。
サーシャは思いきって顔を上げ、真正面から焦げ
茶の瞳を覗きこむ。
「アルベルト様は、お城の中で息苦しいと感じたこ
とはありますか」
「どうしたんだ、急に」
「フランシスさんが、アルベルト様がそんな思いを
されないように気を配ることがご自分の使命だとお
っしゃっていました。ここで生まれ育って、ここで
伴侶を得て、そして次につなげるのだと」
「あぁ……。そういうことか」
なにか思い当たることでもあるのか、アルベルト
は小さくため息をつくと、ソファの背凭《せもた》れにドサッ
と身体を預けた。

「うちの家令が珍しくお喋《しゃべ》りをしたものだ。おまえを見込んだのかもしれないな」

「ぼく、ですか……？」

「知り合うチャンスをくれとおまえに言ったことがあったな。せっかくの機会だ、俺のことを知ってくれるか。といっても、そうおもしろい話でもないが」

「はい。聞かせてください」

アルベルトは「わかった」と頷き、組んでいた足を解く。

これから大切な話がはじまるのだと、サーシャも居住まいを正した。

「フランシスが心配しているのは知っている。俺自身も国王として義務を果たすことは大切なことだと頭ではわかっている。それでも、歴代の王たちがしてきたような結婚には興味を持てない。なぜならそれは愛のない契約だからだ」

「契約……？」

思いがけない言葉だった。

父レオンが生きていた頃、自分はまだほんの子供だったけれど、それでも父と母との間に確かな愛情があり、お互いを大切に慈しみ合っていることを肌で感じていたからだ。

首を傾げるサーシャに、アルベルトが力なく笑う。

「王家における結婚は家同士の結びつきがなにより重視される。国の力関係に影響するからだ。一度戦争が起これば、降伏の証や緊張状態緩和のために娘を敵国に嫁がせたりもする。そんな政略結婚が当たり前なんだ」

驚きに息を呑んだ。

それではまるで、娘を人質に出しているようなものではないか。そんな相手を伴侶に迎えて、あるいは己の意志とは無関係に無理やり敵方に嫁がされて、愛情が芽生えるわけがない。

考えていることが顔に出ていたのだろう。アルベルトが「おまえの思うとおりだ」と首肯した。

「そして、俺の母がそうだった」

アルベルトは遠くを見るような目で語りはじめた。

「俺の父――前国王であるベルトルドはとても勇敢な人だった。幾度周辺諸国が攻めてこようともイシュテヴァルダを武力によって守り通し、確固たるものを築いた。そんな父が娶《めと》ったのが宿敵でもあった隣国の姫君、俺の母ヴィクトリアだ。戦争を終わらせる代わりにと差し出された人質だ。母は毎日泣いて暮らしていたそうだ」

争いでボロボロになった故国を置いて嫁いできた彼女の気持ちや、いかばかりであっただろう。それも、自分たちを苦しめた国の王のものになるなど。

「そんな母を、父はできる限り労《いたわ》ったと聞いている。息子の俺が見ていても父が母を大切に思っていることはわかる。……それが母に伝わらないこともな」

アルベルトは目を伏せ、やりきれないように首をふった。

「それでも、子供ができてふたりの関係は変わりつつあった。俺が生まれ、弟が生まれて、母に生きる目的ができた。俺たちを育てるという生き甲斐が」

「アルベルト様には弟がいらっしゃるんですね」

「……もう、亡くなったがな」

「……っ」

思わず息を呑む。

「それは……申し訳ないことをお聞きしてしまいました」

「いや。俺が話したくて話している。おまえには最後まで聞いてもらえるとうれしい」

静かな眼差しに、サーシャは腹を括《くく》ってこくりと頷く。

それを見たアルベルトもまた頷くと、再び空にあてどなく視線を投げた。

「弟のユリウスが生まれたのは俺が十四歳の時のことだ。にこにことよく笑う、誰からも愛される王子だった。父は第二王子の誕生を心からよろこんだし、母も自分に似たユリウスを殊更にかわいがったものだ。もちろん俺も、歳《とし》の離れた弟がかわいくてしかたがなかった」

思い出をなぞるようにアルベルトが目を細める。

けれどその横顔はすぐに暗く翳《かげ》っていった。

「ユリウスは、わずか六歳で生涯を閉じた。不幸な事故だった――――」

前王ベルトルドは深く心を痛めながらも、元軍人として息子の死を毅然と受け止めた。

だがそれが妻の心を逆撫でしたのだ。深い悲しみに暮れた王妃は静養という言葉を盾に夫と別居し、長い間夫婦が顔を合わせることはなかった。

「どうにもならなかったのだと思う。父は死と隣合わせの日常を送った人だった。自身の父も伯父も戦争で亡くしている。だが母は……国も家族も手放した彼女にとっては、息子だけが生き甲斐だった。お互いを責めることができないからこそ、ふたりのすれ違いは長く続いた」

「そんな……」

アルベルトは弟を失った悲しみを抱え、さらにはそんな両親の姿を長年見続けてきたというのだろうか。そちらの方がよほどかわいそうではないか。

無意識のうちにアルベルトの腕に手を添える。

アルベルトはサーシャの手を取り、やさしくそれを包みこんだ。

「安心しろ。今はふたりとも離宮で一緒に暮らしている。こういうことは時間が解決するものだ」

「でも、アルベルト様は……？　アルベルト様の気持ちはどうなるのですか。どなたかが慰めてくれたのですか」

大切な人を失う悲しみを自分は痛いほど知っている。父を亡くし、母を失い、ひとりぼっちになったあの夜を生涯忘れることはないだろう。

それでも、自分には両親から注がれた愛情があった。数えきれないほどの思い出があった。森があり、湖があり、そこに住む動物たちがいて、雪の間から顔を出す花や夜空に揺らめくオーロラに心を癒やされて耐えてきたのだ。それらがなければ生きられなかった。

だがアルベルトはどうだろう。この豪奢《ごうしゃ》な城で、たくさんの人たちに囲まれて、それでも悲しみを抱き続けたままの彼の心を癒やすものはあったのだろうか。

一心に見上げるサーシャに、アルベルトは慈しむような笑みを浮かべた。

「おまえはやさしいな、サーシャ。俺の心に寄り添おうとしてくれるのか」

「だって、あまりにアルベルト様がかわいそうです」

「俺にはその言葉だけで充分だ。悲しみは時が癒やしてくれる。それよりも、俺は王としてこの国を背負っていかねばならない立場だ。自分の気持ちの折り合いなどどうにでもなる」

自分に言い聞かせるように言葉を紡いだアルベルトだったが、すぐに「……いや」と首をふる。

「それは違うな。どうにでもなるというなら、フランシスの勧めに従って后ぐらい迎えているはずだ」

そう言って自嘲気味に肩を竦めた。

「俺がこの歳になっても結婚に興味を持てないのは、

自分が反面教師だったせいだと父に言われたことがある。……正直、当たらずとも遠からずだ。愛するものぐらい自分で選び守りたい。他のなにも選ぶ余地などないのだから」

「アルベルト様……」

　こんな時、なんと声をかけたらいいのかわからない。うろうろと目を泳がせていると、不意にポンと背中を叩かれた。

「やはりつまらない話を聞かせてしまった。そんな顔をするな」

「いいえ。いいえ、違うんです。なんて言ったらいいかわからなくて……。でも、アルベルト様のことを教えていただけてうれしかったです。ほんとうです」

「サーシャ」

　アルベルトが真意を計ろうとするようにじっと目を見つめてくる。それは実際には一秒にも満たないものだったかもしれないけれど、サーシャには一分にも、もっと長いようにも感じた。

　――アルベルト様………。

　至近距離で見つめられ、焦げ茶の瞳に己が映る。

　それと同時に心臓がトクトクと早鐘を打ちはじめた。気恥ずかしさに目を逸《そ》らしてしまいたいような、なのにもっとこうしていたいような、不思議な気分だ。知らず赤くなっていたのだろうか、アルベルトはふっと含み笑うと、その大きな手でサーシャの頬を一撫でした。

「今度の顔はもっといけない。サーシャ、今なにを考えていた？」

「えっ。……えっと…、ひ、秘密ですっ」

　あわあわとなりながら熱い頬を両手で押さえる。

　そんなサーシャを見て、アルベルトはおかしそうに声を立てて笑った。

「王に隠しごとをするとは大したものだ」

「だ、だって……」

――見惚れてたなんて言えないです。

頬を押さえていた手で今度は口を覆い、ふるふると首をふる。

それがおかしかったのか、一頻《ひとしき》り肩を揺らした後でアルベルトは身体ごとこちらに向き直った。

「それならサーシャ、今度はおまえのことを聞こう。おまえの住んでいた国はどんなところだ？　そこでどんな暮らしをしていた？」

「え？　あ……」

唐突に現実に引き戻され、楽しかった気分が一瞬ですうっと薄らいでいく。言葉を選べずにいるサーシャを見てなんと思ったのか、アルベルトは自らの問いを撤回した。

「そうか。わけありだったか」

「えと……」

「言いたくなかったら無理に言わなくてもいい。話したくないことのひとつやふたつ、人間なら誰しも持っているものだ」

「あの、違うんです」

とっさに声を上げたもののそれ以上は続けられず、サーシャはそっと睫を伏せた。

そうすることで、洗い浚《ざら》い話してしまいたい気持ちをぐっと押しやる。獣の棲《す》む森に身を潜めていたなんて言えるわけがない。自ら人狼だと暴露しているようなものだ。そんなことをしたら、どこかへ逃げ延びているかもしれない同胞たちまで危険に晒してしまう。父の犠牲を無駄にすることになるし、人間の裏切者だと母の墓を荒らされるかもしれない。

アルベルトがそんなことをするなんて思わないけれど、話はどこから洩れるかわからないのだ。それを回避するためには黙っているしかない。

――ごめんなさい……。

アルベルトは自分のことを話してくれたのに、こちらからはなにも話せない。罪の意識に襲われて俯くサーシャの背中を、大きな手がポンポンと叩いた。

「無理に聞いた俺が悪かった。許してくれ」

「いいえ、ぼくがうまく話せなくて……。でもあの、とてもいいところです。ここのように立派な井戸も噴水も、大きな窯もありませんが、おだやかに暮らせるところです」

「そうか。自然が豊かな素晴らしい土地なのだろうな。俺もいつか行ってみたい」

曖昧に頷くサーシャに、アルベルトは「それに」と続ける。

「おまえを見れば大切に育てられたことがわかる。立派な施設なんかなくとも、それがおまえの財産なのだろう？」

「アルベルト様……」

驚いた。

自分を育ててくれた両親のことを、自分を通して感じ取ってくれたなんて。もう記憶の中にしかいないふたりをわかってくれる人がいたなんて。

あたたかなものがじわりと胸の中に広がっていく。それに後押しされるようにサーシャは思いきって口を開いた。

「そう言っていただけてすごくうれしいです。父も、母も、愛情をこめてぼくを育ててくれました」

「そうか。きっとあたたかい家庭なのだろうな」

「はい。六年前まではずっと」

「……サーシャ？」

それまで笑っていたアルベルトが急に真顔になる。両親はふたりとも亡くなったことを伝えると、彼は自分のことのように眉を引き絞り、ぐっと唇を噛《か》み締めた。

「それは……気の毒だった。辛かっただろう」

大きな手が伸びてきて、そっと頬に触れる。そうして感触を確かめるように、慈しむように、何度も何度も親指の腹で撫でられた。

「ありがとうございます。慰めてくださって」

「俺にはこれぐらいしかできない」

「いいえ。充分すぎるくらいです。アルベルト様は両親のことをわかってくださいました。これまで誰にも話したことのない父と母を、ぼくを通して感じ取ってくださいました。だから今、すごくうれしいんです」

アルベルトがはっとしたように目を瞠る。ゆっくりと息を吐いた彼は、頬を撫でていた手を滑らせ、サーシャの片手をぎゅっと握った。

「聞かせてくれないか、サーシャ。おまえの両親はどんなふうに愛を育んだのか」

まっすぐな眼差しに胸がトクンと鳴る。自分からも手を握り返し、サーシャは懐かしい父母の笑顔を脳裏に描いた。

「はじめは父が、母に一目惚《ぼ》れをしたと聞きました。母はとても美しい人で、結婚を申しこむ男性が毎日家まで押しかけたとか……。というのは酔った父が楽しそうに話していたことで、その横で母はいつも苦笑していましたから、どこまでほんとうかはわかりませんが」

「ははは。いいじゃないか。おまえのその美しさは母親譲りなのだな」

「それはどうでしょう」

顔を見合わせてくすりと笑う。

「父も、他の男性たちのように結婚の申しこみをしたかったそうですが、簡単にはできない事情がありました。父にとって母は、愛してはいけない人だったからです。だから何度も諦めようとして、そのたびに想いは募って……。それは母も同じだったと大きくなってから聞きました。ふたりとも愛を取るか、今の生活を取るかでずいぶん悩んだそうです」

「それで、どうなったんだ」

「愛を取りましたよ。おかげでぼくが。……その代償として母は家を捨て、家族を捨てて、身ひとつで父のもとに来ました。アルベルト様のお母様に似ていますね」

「愛のために捨てるのなら惜しくはなかっただろうにな」

アルベルトがふっと遠い目をする。

そしてそれはサーシャも同じだった。

「そんなしあわせな生活は、八年前に突然崩れてしまいました。父が亡くなって……不幸な、事故でした。女手ひとつでぼくを育ててくれた母も、後を追うようにしてその二年後に……。それからはずっとひとりで生きてきました。お恥ずかしい話ですが、ぼくには学がありません。教養というものもありません。お城に連れてきていただかなければこの国の歴史を知ることも、晩餐のマナーを学ぶこともきっと一生ありませんでした。だから、ぼくにとってアルベルト様は恩人です」

「サーシャ」

大きな手が伸びてきて、そのまま胸に抱きこまれる。はじめは自分の身になにが起こったのかもわからなかった。

「あ、あの……」

小さく問うてみたけれど答えが返ることはなく、代わりに腕の力が強くなる。ぎゅうっと力いっぱい包みこまれ、あたたかな胸に顔を埋《うず》めているうちに、彼が慰めてくれているのだとわかった。

　誰かに抱き締められるなんてどれぐらいぶりだろう。晩年の母は病のせいで起き上がることもできなかった。だからこそアルベルトの気遣いがうれしい。やさしくしてくれる気持ちがうれしい。大丈夫ですよと言って身体を離さなければならないとわかっていても、逞しい腕の中はほっとして、心地がよくて、どうしてだろう……涙がこぼれそうになる。

　慌ててそれを手で拭ってごまかすと、そんなことはお見通しとばかりにもっと強く抱き締められた。

「強がらなくていい。大丈夫だ」

「アルベルト様……」

　そっと腕の力をゆるめられ、至近距離から見下ろされる。アルベルトの焦げ茶の瞳は澄んで、とてもやさしい色をしていた。

「おまえはもっと、人に甘えることを覚えなければ」

「それを言うならアルベルト様の方が」

「ほう。おまえが甘やかしてくれるのか」

「お、お望みとあらば、アルベルト様の甘やかし方を一生懸命勉強します」

　大真面目《まじめ》に言ったのに、なぜかアルベルトに噴き出される。

「傍《そば》にいてくれるだけでいい。それで充分癒やされる。……まぁ、甘やかし方とやらを覚えてくれるのも悪くはないが」

　そもそもどうやって勉強するんだ？　と問われ、逆に言葉に詰まってしまった。そこまで考えていなかった。

　今さらながら慌てるサーシャに、アルベルトが喉奥でククッと笑う。

「おまえはまったく。見ているだけで気持ちが解さ

れるな」

「ぼくは納得いきません……」

「それなら先に、俺がおまえを甘やかすとしよう。それをお手本にすればいい」

「えっ」

「なに。そうすることで俺もうれしくなる。これこそ一石二鳥だろう？」

「そ、そうなんですか……？」

よくわからないけれど、アルベルトもうれしくなれるならそれがいいのではないだろうか。素直に頷いたサーシャだったが、なぜかまたも盛大に笑われてしまった。

首を傾げていると、部屋のドアがノックされる。

アルベルトが応えを返すと同時にフランシスが顔を見せた。

「見ていたようなタイミングだな」

「さて、なんのことでしょう」

苦笑するアルベルトにもフランシスは涼しい顔だ。

続いて入ってきたテオドルだけが「うおっ。な…、え……？」とひとり慌てていた。

「ふたりとも、なんでそんなにくっついてるんです」

「え？　わっ」

指摘され、慌ててアルベルトから距離を置いたものの後の祭りだ。

「親睦を深めていたのだ。それを、おまえたちときたら邪魔をして……」

「大変申し訳ございません。サーシャの服や靴の手配をと思いまして、その採寸を急ぎたく」

アルベルトの文句もさらりと受け流した家令は、サーシャの顔を見るなり意味ありげに微笑んだ。

「その様子だと、散歩の約束も取りつけたな？」

「はい。すみません、フランシスさんからお話してもらうことになっていたのに……」

「いや、いい。むしろ私から話して陛下のゆるんだお顔を見るのも辛いと思っていたところだ」

「なにか言ったか、フランシス」

「スケジュールを調整させていただきますと申し上げました」

ふたりのやり取りにテオドルが噴き出し、それを見たサーシャもつられて笑ってしまった。

その後は、ふたりが連れてきた仕立て職人によって身体中を採寸される。わざわざ新しい服を作ってくれるのだそうだ。城に来て以来テオドルのお古を借りていたサーシャだったが、彼らが着ているようなボタンつきの立派な上着を作ると言われて驚いてしまった。

「ただの居候なのにもったいないです。そんなことまでしていただくわけには……」

「陛下の散歩のお伴をするだろう」

「それなら、ぼくにもお仕事をさせてください。皆さんのように難しいことはできないかもしれませんが、一生懸命頑張ります」

訴えるサーシャに、アルベルトが「ふむ」と腕を組む。

「おまえのことだ。そんなことはしなくていいと言ったところで納得などしないのだろうな」

アルベルトはひとつ頷くと、「テオドル」と侍従を呼んだ。

「そういえばこの間、資料整理が追いつかないと言っていたな。あれの手伝いをサーシャにやらせてはどうだ」

「俺としては大助かりですが……重たい本もありますよ。書架も高いですし」

「大丈夫です」

サーシャは採寸されていることも忘れ、大きな声とともに身を乗り出した。

「重たいものなら水汲みで慣れています。音を上げたりしません。それに、字を覚えたら記録係もできます。ぼくにお手伝いさせてください」

「決まりだな」

アルベルトがニッと口端を持ち上げる。ソファを立ってサーシャの前まで歩み寄ると、真正面から見下ろした。

「サーシャ。おまえを侍従見習いとして雇おう。給金も出す。それを貯めておまえのほしがっていた大麦をたくさん買うといい」

「ほんとうですか！」

こんなありがたいことがあるだろうか。またも前のめりになるサーシャを仕立て職人が慌てて押さえ、それを見た一同に笑われてしまった。

「なにからなにまで、ほんとうにありがとうございます。アルベルト様、フランシスさん、それに、テオドルさんも」

「これからよろしく頼むぞ、見習い」

「はい！」

ここに新しい居場所ができる。それを与えてもらえたことが誇らしい。

三人の顔を見回しながら、サーシャはしあわせを噛み締めるのだった。

＊

それから十日あまりが経ったある日のこと。

日課となった散歩を終え、私室に戻ったところでふと、隣を歩いていたアルベルトが立ち止まった。

「そういえば、この後は出かけるんだった」

「私の顔を見て思い出されたのですか。朝にお伝えしたはずですが」

待ち構えていたフランシスが眉間にぐぐっと皺を寄せる。知らない人が見たら竦み上がってしまいそうな表情だが、アルベルトはどこ吹く風だ。

「サーシャ。これから町に視察に行く。おまえも来るか」

唐突に話をふられ、サーシャはぱちぱちと瞬きをくり返した。

「視察……、ですか？」

「昨年、深刻な飢饉があってからは民の暮らしをこの目で確かめるようにしていてな」

町でも深刻な食糧難に陥った話は知っている。森の奥に住んでいるサーシャのもとまで風の噂が聞こえたぐらいだ。サーシャ自身も、食糧が底を尽きたことで町へ出てきた。

「九年前の飢饉を教訓に陛下が備蓄を指示されていなければ今頃この町は……いや、この国自体が存続し得なかったかもしれない。ゆえに陛下は人々より『賢王』と讃《たた》えられ、敬われている」

横から説明を加えるフランシスは誇らしげだ。

それを見ながらアルベルトが居心地悪そうに肩を竦めた。

「おまえは事あるごとにそれを言う。当然のことをしたまでだ。あまり吹聴《ふいちょう》するな」

「吹聴などと。この国に住むすべてのものの胸に刻まねばなりません。今こうして生かされているのは陛下のおかげであると」

「やれやれ……。この調子で多少のことにも目を瞑ってくれると俺としてはうれしいんだが」

「それとこれとは別の話です。さぁ、早くお支度を」

フランシスに目配せされた侍従たちがアルベルトを取り囲み、すぐさま身支度がはじまった。

城の中で過ごすのと違って、城下に行けば無数の人々の目がある。この国の王として威厳のあるところを見せなければというのが家令の考えのようだ。当のアルベルトは窮屈な格好に些《いささ》か不満のようではあるが。

前ボタンをひとつひとつ嵌《は》めていくうちに、アルベルトの顔が自分といる時の彼から国王としてのそれに変わる。柔和さはほんの少しだけ控えめになり、代わりにキリリと引き締まった威風堂々とした表情になるのだ。サーシャは瞬きも忘れてその変化を見守った。

アルベルトは最後に銀色のネックレスを首からかけ、服の中にしまう。なんだろうと見ていると、彼は「お守りだ」と教えてくれた。

「この家に代々伝わるものだ。邪気を祓《はら》ってくれる」

「町へ視察に行くのに、そのようなお守りが必要なのですか?」

「心持ちの問題だがな。俺には今もこの国に災いが残っているように思えてならない」

「災いが……」

それは思いがけない言葉だった。

自分の目から見た町は活気にあふれ、人々は皆しあわせそうで、災いなどという禍々《まがまが》しい印象は皆無だったから。

それでも、もしかしたら九年前の飢饉の爪痕が今もどこかに残っているのかもしれない。一見平和を取り戻したようでいて、今もなお復旧の目処《めど》が立たない地域や設備、それで困っている人がいるのかもしれない。

そんなことを考えていると、大きな手にポンポンと頭を叩かれた。

「心配するな。俺は災いなんて一掃して平和な国にしたいと思っている。そのために隅々までこの目で見て様子を把握するようにしているんだ。おまえと出会ったのも視察の帰りだったな」

「だから、あんな路地の奥まで……」

大通りから外れたところにある宿屋なんて、よほどのことがなければ通りかかることもない。ほんとうに隅から隅まで見て回っているのだろう。そのおかげで自分は間一髪のところを助けてもらったというわけだ。

「アルベルト様の心配りと行動のおかげで、こうして出会うことができたのですね。とても不思議なご縁を感じます」

「サーシャ」

「ぼくも、この国に二度と災いが起こらないようにお祈りします。アルベルト様に守られて皆がしあわせに暮らせるように。アルベルト様の腕の中はとてもあたたかいですから」

にっこり笑うと、なぜかアルベルトは困ったような、それでいてうれしくてしかたがないような複雑な顔をする。その後ろではフランシスがなにも聞かなかったというように明後日《あさって》の方を向き、侍従たちが目を白黒させていた。

「おまえは時々、俺を本気で驚かせるな」

「え？」

「まぁいい。この国の平和を願ってくれる気持ちもありがたい。どうだ、おまえも一緒に来ないか」

「はい。ぜひ」

こくりと頷くと、アルベルトも笑顔で応える。

かくしてサーシャも外出用の服に着替え、視察に同行させてもらうこととなった。

外に出ると、ふわっとやわらかな風が頬を撫でる。

森を出たのは春の訪れを待ってすぐのことで、まだずいぶんと寒さが残っていたけれど、城で過ごす間に日一日とあたたかくなってきていた。こんな日に皆で外出するのだと思うとわくわくする。

厩舎にはすでにテオドルや兵士たちが待機しており、それぞれの馬に鞍《くら》をつけているところだった。

アルベルトの姿を見るなり皆いっせいに最敬礼で迎える。

「お待ちしておりました」

「サーシャも一緒に行くことになった。俺の馬に乗せる」

「かしこまりました」

テオドルは当然のようにサーシャが前になるように準備をはじめる。それがあまりに自然でぽかんと見守ってしまったが、はっと我に返るなりサーシャは慌てて首をふった。

「あの、これはアルベルト様の視察ですので、ぼくは後ろにしてください」

「いいのか?」

「はい」

「いや、よくない。サーシャが前だ」

テオドルが鞍を直しかけたところでアルベルトが割って入る。

「いいえ、ぼくがいてはお邪魔になります。後ろでしがみついていますから」

「それではおまえがちゃんと見えないだろう。サーシャが前だ。いいな」

頑として譲らないアルベルトに、他の人を乗せる時もいつもこうなのかと訊いてもそっぽを向かれるばかりだ。不思議に思っていると、フランシスがやれやれと肩を竦めた。

「自慢なさりたいのだ」

「え？」

「馬上の景色をおまえと一緒に見たいとおっしゃっているが、どうだ？」

なるほど、そういうことか。

フランシスの通訳によってようやく意図を把握したサーシャは、照れ隠しなのか、明後日の方を向くアルベルトににっこりと笑いかけた。

「ごめんなさい、アルベルト様。お邪魔にならないようにしますので、前に乗せていただけますか」

「はじめからそう決まっている」

眉間に皺を寄せながらも、その口元はもう笑いはじめている。もしかしたらこれが照れた時の癖なのかもしれない。

仕事中のアルベルトは表情が厳しく、眼光も鋭く、声をかけることなどできなかった。それなのに、自分といる時はこんな顔をしてくれるなんて特権のようでなんだかうれしくなってしまう。

案の定、見慣れないイシュテヴァルダ王の表情にテオドルは目を瞠り、フランシスは小さくくすりと笑った。

「陛下はおまえが来てからまるで人が変わったようだ。進んで仕事をされるようになったばかりか、我《わが》儘《まま》もだいぶ少なくなった」

「人をぐうたら王のように言うな。これまでも務めは果たしてきただろう」

「私もお小言を言う回数が減って大変助かっておりますよ」

歯に衣着せぬ家令に、それでもなにか思い当たるところがあるのか、アルベルトは苦笑するだけだ。

「さっさと仕事を片づければ、その分サーシャと会う時間が増える。それだけのことだ」

「そんなことをおっしゃって……あわよくば散歩の時間を引き延ばそうとなさるでしょう。後ろの予定を調整する私の身にもなってください」

「諦めろ。それがおまえの仕事だ」

強引に押しきられたフランシスが大きなため息をつく。アルベルトがあまりにおかしそうに笑うから、サーシャもテオドルもついつられて笑ってしまった。

全員の準備が整ったところで一行は視察へと出発する。行列はアルベルトの馬を先頭に、フランシス、テオドルと続き、その後ろには騎士団の副長や侍従、兵士と続いた。

二重城壁を抜けて城門の前に立つと、厳《いか》つい甲冑を着た門番が最敬礼を捧げる。

号令とともに地鳴りのような音が鳴り響き、それまで硬く閉ざされていた跳ね上げ式の城門が上から少しずつ開かれていった。

「あれが跳ね橋だ」

後ろからアルベルトが教えてくれる。

敵の侵入を阻むとともに、必要な時だけ開閉できるようにしているのだという。門がすっかり下りると、その向こうには橋が見えた。城に来る時に通ってきたものだ。

「留守を頼む」

王の言葉に門番たちが「はっ」と応える。

アルベルトはそれを確かめ、ひとつ頷くと、馬の腹を軽く蹴って歩かせはじめた。

はじめて城門を潜ってからまだ一月も経っていないというのに、もうこの景色を懐かしく感じる。城の前をゆったりと流れる大きな川も、そこにかかる石造りの立派な橋も、欄干に配されたいくつもの彫刻さえも。

最初にここを通った時はわからなかったけれど、その後のテオドルの授業で、彼らがこの国を守ってきた歴代の王たちなのだと教わった。攻め入ろうとする敵に睨みを利かせ、逆に国に幸いをもたらすものたちをあたたかく迎え入れてくれる偉大な王たち。威厳に満ちた石像に見守られながら橋を渡り、一行は市街地へと進んでいった。

道中、アルベルトはあちこちを指しては「この噴水の水は数キロ先の川から引いている」「あれがこの国で最も古い時計塔だ」と様々なことをサーシャに教えてくれた。

時計塔の役割を訊ねた時も、なぜ動き続けているのかを質問した時も、アルベルトがあまりに易々《やすやす》と答えてくれるものだからその博識ぶりに驚かされる。鞍を両手で握ったまま、サーシャは身体を捻《ひね》ってすぐ後ろの王を見上げた。

「アルベルト様はなんでもご存知なのですね」

「なんでもというわけではない。俺にも知らないことはたくさんあるぞ」

「でも、ぼくが訊いたことは全部教えてくださいました。それに、とてもわかりやすくて」

「俺はテオドルより優秀な教師になれそうか」

「もう。アルベルト様ったら」

顔を見合わせてくすりと笑う。

その後ろではフランシスがやれやれと嘆息しながらテオドルを横目で見た。

「……だそうだぞ。新米教師殿」

「楽しそうでいいよなぁ。そもそも陛下と俺とじゃ知識の量が違うっての。もうこうなったら俺は書架の整理にでも一生を捧げるか」

「おまえは無駄に身長だけはあるからな」

「無駄とはなんだよ、無駄とは。いつも高いところにあるもんを取ってやってるのは誰だったっけ？　自分で届かないくせに棚の上にあれこれ収納する癖をなんとかしろ」

「そんなもの、おまえを呼べば済む話だ」

「人を便利屋扱いするんじゃない」

「そうでもしないとおまえは摑まらないだろう」

呆《あき》れるテオドルを残してフランシスが鐙《あぶみ》を蹴る。

後ろを向いたままの不安定な態勢でやり取りを見ていたサーシャは思わずくすくすと笑ってしまい、アルベルトに窘《たしな》められる一幕もあった。

その時、後方にいた男性がアルベルトに近寄ってきてなにやら告げる。
二、三言葉を交わしたアルベルトはおもむろにこちらを見下ろした。
「この男をまだ紹介していなかったな。騎士団副長のヴィンセントだ。物静かな男だが、こう見えても切れ者だぞ。武器や武具、それに薬にも詳しい」

目を移した先、灰色の帷子《かたびら》服を纏った男性が眼光鋭くこちらを見ている。

騎士団の偉い人だからこうも迫力があるのか、すらりとした身のこなしといい、射貫《いぬ》くような眼差しといい、はじめて出会うタイプだった。

「馬上でのご挨拶となり申し訳ございません。ヴィンセントと申します」

「は、はじめまして。サーシャといいます」

「本来であれば護衛は騎士団長が務めますところ、本日は陛下のご命令で司祭様をお守りする役目を仰せつかっておりますことから、私がお伴をさせていただきます」

器用に馬を操りながら敬礼をしたヴィンセントは、「それでは」と一礼して後方の護衛に戻っていった。

「騎士団の方もご一緒なんですね」

「万が一に備えてな。団長のアルフォンスともいずれ会わせよう。曲がったことが大嫌いな豪快で腕の立つ男だ。城内一の酒豪でな、滅法気が合う」

「ということは、フランシスさんとは合わないのでは……？」

「ははは。おまえもわかるようになってきたじゃないか」

そのとおりだとアルベルトが笑う。

この頃は、それぞれの性格もだいぶ摑めてきた。団長とアルベルトが揃ったらフランシスはさぞや眉間に皺を刻んでお小言を連発するに違いない。そのせいでテオドルはとばっちりを食らい、クラウスにからかわれるところまでがおそらくセットだ。

想像に含み笑いをしているうちに一行は無事に町へと到着する。

アルベルトと出会ったのとは別の町だ。広い国の中で不公平のないように順番に見て回っているのだと言われてなるほどと思った。

「陛下、ようこそおいでくださいました」

「アルベルト様。お懐かしゅうございます」

「お爺《じい》様、陛下が。陛下がいらっしゃったよ」

一行が通る先々で町の人々からの歓待を受ける。

馬上の王に声をかけるもの、手を差し伸べるもの、中には生まれたばかりの赤子を抱いてもらって祝福を授かろうとするものなど様々だ。前王の代から国の行く末を見守ってきたであろう老人などは、アルベルトの勇姿を目に焼きつけようとするかのように潤んだ瞳で見上げるのだった。

あふれる笑顔に触れ、その嘆願に耳を傾けているうちに、アルベルトがいかに民から信頼された王であるかがわかってくる。同じように、たびたび馬を止めては人々の話に夢中になっているアルベルトからも、民衆の気持ちに応えたいという思いが伝わってきた。

時間をかけて見回りを終えた一行は休憩のために馬を下りる。

すると、それを待っていたといわんばかりに人々がいっせいにアルベルトを取り囲んだ。

精いっぱいもてなそうと酒や食べものを差し出す町人たちを侍従が押し留める。たとえ純粋な心遣いであったとしても、差し出されたものをなんの疑いもなく口にできないのが王だからだ。

同じように、これを機会と人々からは嘆願や相談が持ちこまれた。その整理や内容を書き留めるためにフランシスやテオドルたちも駆り出される。

「陛下、陛下」

「陛下、どうぞこれを」

「お聞き届けください。陛下」

「わかったわかった。安心しろ。順番だ」

皆の中心でアルベルトが声を張る。

艶のあるバリトンに人々ははっと背筋を伸ばし、我先にと押しかけたことを恥じ入るようにお互いに顔を見合わせながらはにかみ笑った。

アルベルトは居住まいを正すと、宣言どおりひとりひとりの声に耳を傾けはじめる。その人数たるやすぐには数えられないほどだ。それでもアルベルトは文句ひとつ言わず熱心に町人たちと向き合い続けた。ずっとそうしてきたのだろう。だからこそ人々は彼に絶大な信頼を寄せるに違いない。

見ているうちに誇らしい気持ちがこみ上げてきて、誰彼構わず自慢したくなる。そんなことを考えていたサーシャは、普段は苦言を呈するくせに陛下自慢に余念のないフランシスそっくりだと気づいて笑ってしまった。今ならその気持ちがよくわかる。

――アルベルト様のことなら自慢したくなりますよね。

フランシスに心の中で同意しつつ、輪の外から一同を眺める。

すべての声を聞き届けるにはしばらくかかるに違いない。サーシャは一行のもとを離れ、近くにある丘へと足を向けた。

丘といっても、なだらかな傾斜が続いているだけの少し高くなった程度の場所だ。お互いの姿は見えるし、ここなら邪魔にならずに一休みしていられるだろう。忙しそうなアルベルトたちには申し訳ないけれど。

サーシャは丘のてっぺんに生えている大木に歩み寄り、ごつごつとした根元に腰を下ろした。

あたたかな日射しの中、人々の笑い声がにぎやかに響く。輪の中心にはアルベルトがいて、時々こちらに顔を向けては悪戯っ子のようにウインクをよこした。

誘うような表情や得意げな眼差し、今にも笑い出しそうな口元を見ているだけでムズムズと落ち着かなくなってくる。照れくさくて、でも見惚れてしまって、目が合うたびに頬が熱くなるのを感じながらサーシャはドギマギと目を泳がせた。

――もう。アルベルト様ったら……。

火照った頬を両手で冷やしながらゆっくりと深呼吸をする。

見上げれば、樫の木がその枝を大きく広げていた。こうしていると森にいるみたいでほっとする。懐かしい思い出を味わうようにゆっくりと息を吸いこみ、そうしてまた大きくふうっと吐き出した時だ。

「お疲れになりましたか」

声をかけられ、そちらの方を見ると、騎士団副長のヴィンセントが立っていた。

　どうやら一行から離れてこちらに来たらしい。

「陛下の護衛は兵士らに任せました。私にはサーシャさんをお守りするようにと」

　アルベルトの命令なのだそうだ。

「お休みのところを申し訳ございません」

「とんでもない。ぼくの方こそわざわざすみません。……あの、よければここに座りませんか。木の下はとても気持ちがいいですよ」

　そう言って隣を勧めると、ヴィンセントはアルベルトの方を窺《うかが》った後で「失礼いたします」と一礼し、すぐ横に腰を下ろした。

「あぁ、見事な枝振りですね。これをご覧になっていたのですか」

　ヴィンセントはサーシャがしていたのと同じように上を見上げる。その動きに合わせて漆黒を吸ったような黒髪がさらりと揺れた。

「ぼくが生まれ育った場所には木がたくさんあって、毎日こうして過ごしていたので、懐かしいなと思って見ていたんです」

「なるほど、それで……。たまにはこのような時間もいいものですね。戦いや交渉に明け暮れると心が磨《す》り減ります。この一等席を陛下にお譲りしたいところですが……あのご様子では人々の話を聞くのにお忙しくてとてもそれどころではなさそうですね」

　ヴィンセントが薄い唇をわずかにゆるめる。

「視察に出るといつも町人たちに囲まれて大変なのだという話を団長のアルフォンスから聞いていましたが、まさにそのとおりです」

　彼もフランシスと同じで、黙っているとどこか冷たく見えるタイプだ。そんなヴィンセントがふっと力を抜いたのを見て少しだけ親近感が湧いた。

「サーシャさんが陛下とお会いになったのも、視察の折りだったとか」

「はい。トラブルに巻きこまれていたところを助けていただきました。その時は、今日のようにたくさんの護衛の方は見えなかったのですが……」

それでも思い出してみればフランシスとテオドルによる大捕物が終わった後、どこからともなく現れた兵士たちによって酔っ払いの男は捕らえられたし、宿屋の主人にも睨みを利かせていたように思う。

「狭い路地に大挙して入っていくと、そこで暮らしている人々が困ることになりますからね。別部隊で待機していたのでしょう」

「そうか。そういうことにも配慮しないといけないんですね。視察って、見て回るだけだと思っていました……」

己の浅慮を恥じるサーシャに、ヴィンセントはゆっくりと首をふる。

「陛下が視察をはじめることとなったきっかけをご存知ないサーシャさんに、そこまで想像するのは難しい話です」

「きっかけ、ですか……？」

そういえば知らなかった。

国王が国民の様子を見て回ると言われて、なるほどそういうものかとなんの疑問も抱かずに聞いていたけれど。

無意識のうちに身体がヴィンセントの方を向く。そんなサーシャに、副長は一行を見ながらあらためて口を開いた。

「陛下が視察をはじめられたのは一昨年のことでした。それまでも国政、とりわけ民が安心して暮らせるようにと心を砕いておられましたが、人々のもとに足繁《しげ》くお運びになり、あのように直接の対話をされるようになってからは民の信頼も増し、同時に町人同士、農民同士の結束も固くなったと聞いております」

国王は自分たちの方を向いてくれている、自分たちの思いに耳を傾けてくれている。

そんな安心が心の余裕を生み、同時に国王のためによい行いをしよう、無駄な争いを避けようという機運も高まっていったのだと言う。

「九年前の飢饉では食糧不足に託《かこつ》けて暴徒が出て、その制圧に奔走したものでした。けれど昨年再び大規模な飢饉が起こった際には、暴徒を出さないようにと民自らが見張りや取り締まりをしたことで大きな混乱は起きませんでした。陛下がいつも自分たちの言葉に耳を傾け、政《まつりごと》に反映されているところを見てきたからこそ、それに応えたいとの思いがあったのでしょう。最終的には陛下のご命令で備蓄食料を蓄えていたことが功を奏し、我々は無事に食糧難を乗り越えたのです」

「そんなことが……。だから町にはあんなに活気があふれているんですね」

はじめて訪れた時のことを今でもはっきりと覚えている。

空腹でふらふらしている自分とは対照的に、誰もが溌剌《はつらつ》とした表情で話し合い、笑い合い、また威勢のいいかけ声とともに楽しそうに商売をしていた。

「ぼくのいたところでは備蓄食料がほとんどなくて、とてもひもじい思いをしながら冬を越しました。春になるのを待ってやっとの思いでここに来んです。それを思うと、国中の人を救えるだけの食料を用意することも、蓄える方法を考えたことも、素晴らしいことですね」

「食料不足はいらぬ争いを生む――九年前、それを身をもって体験された陛下だからこそ、民が二度とそのような思いをしなくて済むようにと苦心された結果でしょう。陛下は争いを好まれません。民のことなど二の次で領土争いばかりしている国もありますが、我がイシュテヴァルダは何代遡《さかのぼ》っても国境線は今のままです。無用な戦争はしないのです」

「それでは、騎士団の方々はお役目がなくなってしまうのでは……」

「ご安心ください。我々騎士団が城に常駐しているのは自衛のためです。自ら攻めずとも、攻め入られた時には陛下を、そしてこの国をお守りしなくてはなりません。事実、陛下は国の境にも同じように兵士を配置し、外からの攻撃に備えていらっしゃいます。そうやってこの国は守られているのです」

ヴィンセントが胸を張る。

騎士として王を、そして国を守ることに日々注力している彼だからこそ、国家の安全を第一に考えるアルベルトを誇らしく思うのだろう。

「ただ……」

けれど、一度言葉を切った彼は、なにかをためらうように眉根を寄せた。それから薄い唇を引き結び、もう一度、意を決したように口を開く。

「争いをよしとされない陛下であっても、たったひとつ、存在をお許しにならないものがございます。不幸な事故を招いた、森からの忌々しい使者だけは」

「え？」

「狼ですよ」

当然のように告げられ、思考が止まる。すぐには言われた意味を理解することもできなかった。

森からの忌々しい使者と言われた。不幸な事故を招いたとも。

頭の中でヴィンセントの言葉がぐるぐると回る。

同時に、父レオンのやさしい笑顔や、幼い頃に一緒に過ごした同胞たちの顔も脳裏に浮かんだ。

「そんな、まさか……」

辛うじてそれだけを絞り出す。どんなにわずかな言葉でも、否定せずにはいられなかったからだ。

譫言《うわごと》のように呟くサーシャを、狼と聞いて怖がっていると思ったのか、ヴィンセントは落ち着かせるようにゆっくりと頷いた。

「ご心配には及びません。騎士団一同、この命に代えましても陛下や陛下の大切な方々を必ずやお守りいたします」

違う。そうではない。そんな言葉を聞きたいのではない。

けれどなんと言ったらいいかわからない。

戸惑うサーシャに、ヴィンセントは「一発で仕留めてご覧に入れます」と弓を射る仕草をする。

「狼は今でこそ見かけることもなくなりましたが、昔はこのあたりにもよく現れたものです。ウロウロと路地をうろついては唸《うな》り声を上げたり、人々の食べ残しを漁《あさ》ったりと我々の生活のすぐ傍で命を脅かす存在でした。それがとうとう人間を襲ったという話が広まり……」

「お、狼は、人間を襲ったりしません」

気がついたら言葉が口を突いて出ていた。

突然語気を強めたサーシャに、ヴィンセントが驚いたように切れ長の目を瞠る。せめて誤解を解きたくてサーシャは懸命に言葉を継いだ。

「狼は賢い動物です。むやみやたらと人を襲ったりしません」

生きるために最低限の狩りはしても、獲物は兎《うさぎ》などの野生動物が主だ。森でそうした獲物が獲れなくなって、しかたなく人里に下りたのだとしても、相手からよほどの攻撃をされない限り人間に襲いかかるなんてあり得ない。

　仲間の汚名返上のため必死に訴えるサーシャに、ヴィンセントは無情にも首をふる。

「私もそう思っていました。不幸な事故が起こるまでは――――最初の犠牲者が出たのは十年前。八年前にもまた被害の報告がありました。私が知る以外にもおそらく何人もの人間が狼によって命を落としたことでしょう。森の近くに住む農民たちは特に」

　狼の牙や爪の餌食となって惨《むご》い死に方をした家族のことをわざわざ口外するものは少ない。そのほとんどが見るに耐えない有様だったという。縁起が悪いからと共同墓地へ埋葬することすら許されず、亡骸をひっそりと森に埋めるケースもあったそうだ。

聞いているだけで血の気が引くのがわかった。

「事態を重く見られた陛下は、我々に狼の殲滅《せんめつ》をご命令になりました」

「……！」

　息が止まる。

胸に手を入れられて直接心臓を鷲掴《わしづか》みにされたかのように、サーシャは身動きさえできなくなった。

――――狼の、殲滅。

嫌な予感に息が詰まる。ひたひたと恐怖だけが迫《せ》り上がる。

「それ……いつのこと、ですか……？」

「八年前です」

「――――」

　ヴィンセントの答えを聞いた瞬間、目の前が真っ暗になった。つながらないでほしいと無意識のうちに思ったことが無情にもひとつの糸で結ばれる。

　八年前――――それは、父レオンが狼狩りによって命を落としたその年だ。

これ以上隠し通せないことを察して、自らが囮になることを決めた時の父の顔を今でもはっきりと覚えている。サーシャと妻を交互に見つめ、「いつまでも愛しているよ」と笑ってくれた。そうして父は狼の姿になったのだ。

人間としてではなく、狼の血を引くものとして、その姿で最期を迎えるために。

人間の妻と、その間に生まれた人狼の息子だけでも助けるために。

――――お父さん…………。

心の中で呟く声さえどうしようもないほどふるえてしまう。思い出の中で生き続ける父を、こんなふうに思い出すことになるなんて考えもしなかった。

いつもはそのあたたかな笑顔を、やさしい声を、遠く懐かしく思うだけだったのに。こんなにも辛く生々しい気持ちでふり返ることになるなんて。すべての引き金を引いたのはアルベルトその人だったなんて。

「――――」

声も出ない。

サーシャは強く唇を噛み締め、ただひたすら息を殺した。

彼が直接手を下したわけではなくとも、狼を殲滅せよと命じたのは他ならぬアルベルトだ。国王の命令が絶対であることぐらいサーシャにもわかる。

反対に、彼の命令さえなければ大好きな父親は無残に殺されずに済んだだろう。見せしめとばかりに亡骸を持ち去られることもなかっただろう。

自分の手元には父の形見などなにもない。せめて髪の一房でも切ることが許されたなら、お守りとして生涯大切にすることもできたのに。

すべてを奪ったのは国だ。

それを命じたのはアルベルトだ。

――アルベルト様は、お父さんの仇《かたき》……。

酷い現実に眩暈《めまい》がした。よりにもよって自分を助けてくれたその人が、親の仇として憎悪を向けるべき相手だったなんて。

「先ほど、最初の犠牲者が出たのは十年前とお話ししましたね。その翌年には酷い飢饉が……。この国を襲った度重なる不幸に、陛下は狼こそが災いをもたらした元凶だとお考えになりました。狼を禁忌の生きものと定められ、そして殲滅のご命令を」

ヴィンセントが淡々と告げる。すべてが事実だからこそ重く、聞いているだけで胸が抉《えぐ》られるような思いだった。

「大規模な狼狩りの号令により、農村は疎《おろ》か、森の奥隅々にまでわけ入って狼たちは駆除されました。これで国は安泰だと誰もが思ったのですが……」

そんな時、またも大規模な飢饉が起きた。昨年のことだ。

「でも、備蓄食料があったから助かったって……」

「おかげで誰も死なずに済みました。けれど、それとこれとは別の話です。生き延びた狼がまだどこかに潜んでいて、我々人間に災いをもたらす機会を窺っているのでしょう。陛下は国中に捜索をお命じになりましたが、いまだ見つかっていないのです」

そのため、アルベルト自ら目撃情報を集める意味でも視察強化を図っているのだという。

アルベルトの根底にあるものに触れ、予想だにしなかった自分との因縁を突きつけられて頭の芯がグラグラとなる。怖ろしさにすっかり冷たくなった両手を胸の前で組みながら、サーシャは懸命に自己を保とうとした。少しでも気を抜いたら心がバラバラになってしまいそうだった。

人々が安心して暮らせる国にしたいというアルベルトの考えは素晴らしいと思う。

同胞が人間を襲った話はにわかには信じがたいけれど、野生の獣がそうせざるを得なかった事情があるのかもしれない。そしてそれは、狼にとっては本能的な行動であったとしても、被害者である人間にとっては決して許せない行為であることもわかる。

けれど。

大切な人を亡くして悲しいのは人間だけではない。狼だって同じだ。人狼だって同じだ。

奪われた痛みは一生消えない。怒りのやり場さえ見つからない。だから記憶に蓋をして、せめて楽しかった時の思い出に心を寄り添わせながら必死に生きていくしかないのだ。そう、思っていた。

遠くにアルベルトの姿が見える。

いつものように大きく口を開け、朗らかに笑う彼は頼れる王そのものだ。ついさっきまでは自分にもそんなふうに見えていた。

――憎むべき人、だったなんて。

重たい鉛玉を飲んだかのようにうまく息ができない。それは、心が頭に追いついていないからだ。

自分から父親を奪った張本人だとわかってもなお、サーシャにはアルベルトを恨むことはできなかった。父からくり返し教えられていたからだ。仲間がどんな目に遭ったとしても、仇討ちだけはしてはいけない。自分たちは共存すべき生きものなのだからと。

人間に牙を剝くということは、人である母オルガを傷つけることと同じだ。相手が彼女だったとしたらそんなことは絶対にできない。

だから父は頑なに人間に牙や爪を向けてはいけないとサーシャに教えた。あの日の幼い自分でも父の言うことは正しいと思った。

父をはじめとする人狼たちと、母をはじめとする人間たち。

互いの存在を認識し合うことはなくとも、共存して生きていきたいと願ってきた。その気持ちは今も変わっていない。

生まれてはじめて森を出て、右も左もわからずにいたところを助けてくれたアルベルトには心から感謝している。彼が笑うたび、自分を見つめてくるたびに胸がドキドキと高鳴って、もっといろんな面が見たい、もっと一緒にいたいと思いはじめていた。彼をはじめ、たくさんの人に親切にしてもらったおかげで、城の中にも居場所のようなものができつつあると感じた矢先の出来事だった。

――憎むなんてできない……。

父の遺した言葉がある。

アルベルトには大事な恩義もある。

なにより出会ってからこの一月、すぐ近くで彼の為人《ひととなり》を見てきた。周囲のために尽力する大らかであたたかなこの人を自分は恨むことなんてできない。それでも、感情は今にもあふれそうだ。

――お父さん……ぼく、どうしたらいい……？

心の中で今は亡き父親に問いかける。息が詰まって苦しくて、サーシャはぎゅうっと胸を押さえながらただ黙って俯いた。

目に映る立派な靴。

城に上がってすぐ、アルベルトが誂《あつら》えてくれたものだ。サーシャが履いていたボロボロの靴とも呼べないようなものでは怪我をするかもしれないからと、わざわざ靴職人を城に呼んで作ってくれた。

今着ているものだって、今朝食べたものだって、すべてがそう。

アルベルトがサーシャをよろこばせようと用意し

てくれたものばかりだ。自分は粗末な長衣一枚、粥の一杯で充分だと言っても聞き入れず、そうすることが自分の楽しみだと言わんばかりになにくれとなく世話を焼いてくれた。この国の歴史や常識を学ばせてくれ、マナーを身につける機会も与えてくれた。

アルベルトのおかげで自分が変わっていくのがわかる。

上質なものに触れ、知識を蓄えることで見えるものが増えてくる。考える質が上がっていく。少しずつだけれどアルベルトに近づいていく。それをとても楽しいと心の底から思っていた。

だから、もうもとには戻れない。

なにも持たなかった頃の貧しい暮らしには戻れても、なにも知らなかった頃には戻れない。物質を手放すことはできても、自分自身を形作る知識や感情を人は手放すことはできないからだ。

どれくらいそうしていただろう。

両膝を抱え貝のようになったサーシャを、ヴィンセントはすっかり怖がらせてしまったと思ったらしい。何度も謝られるたび、事情を説明することもできず、違うんですと首をふるばかりだった。

「退屈させてすまなかった」

不意に、力強い声が頭上から降ってくる。

条件反射で顔を上げると、そこにはアルベルトが苦笑いしながら立っていた。

「そう丸くなるほど退屈だったたか。悪かった」

「い…、いいえ。そんなことありません」

「ヴィンセントもご苦労だった。馬の支度をしてくれ。城に戻る」

副長は「はっ」と頭を垂れ、サーシャにも一礼すると、すぐさま立って丘を下っていく。

そんなヴィンセントと入れ替わりにアルベルトが

隣に腰を下ろした。

「いつもはもう少し短く終わるんだが、この町の訪問は久しぶりだったせいか、次から次に興味深い話が出てな。フランシスとテオドルが書き留めるのが追いつかないほどだった」

まさか、同胞の情報が出たんじゃないだろうか。

ヴィンセントから聞いた話を思い出して嫌な予感に囚《とら》われたサーシャはおそるおそる訊ねてみたが、アルベルトから返ってきた答えは治水工事や食肉加工、それに新しい商売に関する話題が主で、予想とはまるで違っていた。

とりあえず、今日のところは大丈夫だったということだろう。狼狩りがあってからというもの、散り散りになった同胞たちの無事を祈るばかりだ。

ひそかにほっと息を吐いていると、大きな手にやさしく髪を撫でられた。

「少し疲れた顔をしてるな。城を出た時とは様子が違う」

「そんな……」

核心を突かれてドキッとなる。

なにより、どんな顔をしてアルベルトに向き合ったらいいかわからなくて、サーシャはうろうろと視線を彷徨わせた。またしても下を向きかけた視界の端に、すっとなにかを差し出される。

「待たせたお詫びだ」

「これは……？」

「おまえは甘いものが好きだろう。この町で一番の菓子屋のものだそうだ。皆が口を揃えて勧めていたからおまえもきっと気に入ると思って買ってきた」

薄紫色のかわいい小箱はアルベルトにはまるで似合わなくて、彼がそれを大切そうに持っているだけでなんだか微笑ましくなってしまった。

「アルベルト様が買いにいかれたんですか？　フランシスさんやテオドルさんではなくて？」

「あいつらに任せたら意味がないだろう。俺が、おまえに買ってやりたかったんだ。おまえのことを考えながら選ぶのは楽しかったぞ。……と言っても、菓子のことはよくわからないから店員に勧められたものにしたが」

アルベルトが照れくさそうに笑う。「ほら」ともう一度箱を差し出され、サーシャは両手でそれを受け取った。

「箱は、おまえの瞳の色にした。これは俺が選んだものだ」

「アルベルト様……」

そんなふうに言われたら胸がいっぱいになってしまう。

決して彼自身が得意ではない菓子店で、周囲には女性客もたくさんいただろうに、どんなふうにしてこれを選んでくれたんだろう。自分をよろこばせようと思い巡らせながら、小箱の色にさえ自分を重ね合わせてくれて。

「機嫌を直してくれるか、サーシャ。おまえが笑ってくれたらうれしい」

やさしく髪を撫で下ろされ、もう少しで涙がこぼれてしまうところだった。

「ありがとうございます。アルベルト様……うれしいです」

「涙ぐむほどうれしかったのか。それはいい贈りものができた」

「はい……。はい、とても」

アルベルトの気遣いがうれしい。アルベルトのやさしさがうれしい。こうしているだけで怖いくらいに心がふるえる。

けれど、それと同じだけズキズキと胸は痛んだ。

――アルベルト様は、お父さんの仇……。

その事実がサーシャの心に暗い影を落とす。

今までと同じようには笑えなくて、それでもうれしいことには変わりがなくて、どんな顔をすればいいかわからずサーシャは長い睫を伏せた。

彼を憎むことはできない。

けれど許すこともできない。

相反する思いを胸に抱きながら、サーシャは瞳と同じ色の小箱をお守りのように抱き締めた。


衝撃的な事実が判明してからというもの、誰といても、なにをしていても、気がつくとそのことばかり考えてしまうようになった。

人に混じって暮らしているうちに、いつの間にか自分も人間のような感覚に陥っていたのだと思う。

この身体の半分には人の血が流れているが、もう半分は狼の血だ。それを否定することは自分自身を、引いては両親や同胞たちを否定することになってしまう。だからそれだけはできなかった。

アルベルトの姿を見かけるたびに、父の仇という事実が脳裏を巡って気持ちがずしんと重たくなる。

けれどその一方で、なにげない言葉を交わせばうれしくなり、傍にいるだけで気持ちがほっとなるのも否めなかった。

どちらの自分もほんとうの自分なのにまるで矛盾している。そんな不誠実さが父にもアルベルトにも申し訳なく、サーシャは深く落ちこむばかりだ。

そんな時、あかるく声をかけてくれたのはアルベルトだった。

「このところ元気がないな。どうだ、気晴らしに森まで遠乗りに行かないか」

視察についていって以来、すっかり塞ぎこむようになった自分を彼が心配してくれているのはよくわかっていた。

ただでさえ多忙な人なのに、サーシャを元気づけようと甘い菓子を届けてくれたり、珍しい動物を見せてくれたり、そうかと思うと公務の間のわずかな時間を使ってこうして部屋まで様子を見にきてくれるほどだ。ドアの隙間からは、家令のフランシスが侍従たちに次の予定を調整させているのが見えた。

つまり、アルベルトにはそれだけやらなければならない仕事が山積みなのだろう。

サーシャは国王をまっすぐに見上げ、深々と頭を下げた。

「お気遣いくださってありがとうございます。ですが、お気持ちだけで充分です。お忙しいアルベルト様のお手を煩わせるわけにはいきません」

「変な遠慮などするな。散歩の時間なら毎日確保しているだろう」

「ですが、庭の散歩と遠乗りとではかかる時間も変わります。ご無理なさらないでください」

自分のせいでこれ以上彼が仕事に追われるなんて嫌だ。

言外にそう言うと、アルベルトはしようがないというようにため息をついた。

「どうも思い詰めた顔をしてるな……。おまえとの時間は俺の大切な息抜きだ。それがあるから仕事だって頑張れる。確かに忙しくはあるが、そのせいで休憩を疎かにしてはうまくいくものもいかなくなる。だからこれは無理などではない」

きっぱりと言いきられてしまう。それでも飛びつくわけにはいかず目を泳がせるサーシャの頰に、不意にあたたかいものが触れた。

「もしや、具合でも悪いのか」

「いいえ」

心配したように顔を覗きこまれ、細い肩がビクッと跳ねる。

アルベルトはあえてそれには触れず、小さな嘆息だけで呑みこんだ。

「それとも馬は嫌いか。視察の時、無理やり前に乗せたのがよくなかったか」

「いいえ。そんなことありません」

「それなら……」

アルベルトは一度言葉を切り、やや言いにくそうに眉根を寄せる。

「俺といることが嫌になったのなら遠慮せずにそう言ってくれ。正直に言ったからといっておまえの不利益になるようなことはしないと約束する。俺は、自分の我儘でおまえをふり回したくない」

「ち、違います。アルベルト様となら、どこへでもご一緒したいです」

とっさに大きな声が出た。そんなふうに誤解されたままでいたくなかったからだ。

けれどすぐ、自分の中にある矛盾が頭を擡げ、自己嫌悪という名の苦いものがこみ上げてくる。

「サーシャ」

やさしく名を呼ばれて顔を上げると、アルベルトがまっすぐにこちらを見ていた。

「その言葉、おまえの本心だと思っていいか。おまえも俺と同じように思ってくれていると」

「アルベルト様も……？」

「あぁ。おまえと一緒にどこへでも行きたい。わかるか、どこへでもだ。おまえをあちこちへ連れていきたい。よろこぶ顔を一番近くで見たいんだ」

――そんなふうに、言ってくださるんだ……。

胸がきゅうっと痛くなる。悲しくないのに鼻の奥がツンとなる。

そんなサーシャを笑わせようと、アルベルトは悪戯っ子のようにウインクをよこした。

「それじゃ、もう一度誘ってみるからな。いいか、おまえは『はい』と言うんだぞ？」

「もう。なんですか、それ」

「サーシャ。俺とデートをしよう」

芝居がかった調子で一礼され、恭しく右手を差し出される。自分が気軽に応じられるようにあえてそんなふうにしてくれているのだ。彼の気遣いを思ったら応える以外の選択肢なんてなかった。

「ありがとうございます。よろこんで」

「そうか。よかった」

サーシャが手を取るや、アルベルトは満面の笑みでそれに応える。

すぐに支度を命じられたフランシスは、実にテキパキと侍従たちを操って着替えから馬の準備までを指揮した。

サーシャの世話係であるクラウスが飛んできて乗馬服に着替えさせてくれている間、その兄であるテオドルは馬の調子を確かめながら鞍を置き、騎士団副長のヴィンセントは護衛をまとめ、料理長のイリスが軽食を準備する。

王の一言で瞬く間に物事が進んでいくのを目の当たりにして、サーシャはぽかんとするばかりだ。これが王というものなのだ。そんなサーシャもあれよあれよという間にアルベルトの馬に乗せられ、わずかな護衛とともに遠乗りへ出かけることとなった。

視察とは違い、お忍びということもあって供につくのはふたりだけだ。

てっきりフランシスとテオドルが一緒に来るのかと思いきや、「陛下ご不在の間にも仕事を進めておきますので」と素っ気なく見送られてしまった。アルベルトもその意味には心当たりがあるのだろう、「遅くならないうちに戻る」と苦笑で応えると、兵士と侍従を引き連れて城を後にした。

気持ちのいい日射しの中をふたりを乗せた黒馬が駆ける。

これまでゆったりと歩く馬にしか乗ったことのなかったサーシャは鞍にしがみつくので精いっぱいだ。けれど不思議と怖くはなかった。

びゅんびゅんと音を立てる風も、身体に伝わる振動も、あっという間に遥か後方に流れていく景色もなにもかもが新鮮に感じる。アルベルトが手綱を握ってくれているおかげで、安心して身を預けながら思う存分はじめての早駆けを楽しんだ。

並木道を抜け、小川を渡り、やがて鬱蒼《うっそう》と茂る木木が目の前に現れる。

中に入るとすぐ、噎《む》せ返るような緑の香りに包まれた。森の匂いだ。

見上げれば、木の枝が互いに重なり合うようにして空を隙間なく覆っている。あたりは薄暗く、わずかな隙間から差しこんだ光が神のサーベルのように緑の大地を貫いていた。

——なんて美しい森……。

神聖な力のようなものを感じる。自分でも気づかないうちにほうっとため息がこぼれ落ちた。

「気に入ったか」

「はい。とても素敵なところですね」

こくりと頷くサーシャに、アルベルトは満足げに口角を上げる。

せっかくだからと勧められ、サーシャは少し歩いてみることにした。先に下りたアルベルトに手伝ってもらって馬を下りる。

　地面に足をついた瞬間、靴の裏をふわっと押し返す感触に懐かしいものがこみ上げた。石畳とはまるで違う。久しぶりに大地のぬくもりに触れ、森の匂いを思う存分吸いこむうちに、塞いでいた気持ちも癒やされていくのがわかった。

「ここには狩りでよく来るんだ。王家の森だから他の人間は入ってこない」

「王家の……。そんなところにぼくなんかが入っていいんでしょうか」

「俺が連れてきたんだ。おかしな遠慮はするな」

　アルベルトは笑顔で応えると、供にここで待つよう命じる。ふたりが門番のように体勢を整えたのを確かめてサーシャの背中をポンと叩いた。

「おまえに見せたいものがある。こっちだ」


　アルベルトが馬を引きながら先に立って歩き出す。それについていくと、しばらくして不意に視界が開け、目の前に青い湖が広がった。

「わぁ！」

　思わず声が出る。

　駆け寄っていって覗きこむと、小魚たちがスイスイと楽しそうに泳いでいるのが見えた。水はどこまでも透き通り、水底の砂や水草、さらには水が湧き出る様子さえも手に取るようにわかる。そんな美しい湖の周りを針葉樹の青い森が守るようにぐるりと囲んでいた。

「なんてきれいなんでしょう……」

　ずっと見ていたい。瞬きをする時間さえ惜しく思える。

　サーシャが夢中になっている間に、馬を木につないだアルベルトが戻ってきて隣に座った。

「これを見せたかったんだ。少しは気晴らしになったか」

「はい、とても。連れてきてくださってありがとうございます」

「その顔が見られたらなによりだ。俺も疲れがどこかへ吹き飛ぶ」

アルベルトが鼻の頭に皺を寄せるようにして笑う。自分を笑わせようとする時の彼の癖だ。

こんな時、王としてのアルベルトではなく、ひとりの男性として彼を身近に感じる。だからだろうか、その表情がわずかに翳ったのを見て落ち着かない気持ちになった。

「実は最近、ずっとおまえのことばかり考えていた。どうやったら元気になってくれるかと。……俺は生まれてこのかた、国を背負うことしか考えてこなかった男だ。人を楽しませるのに向いていない。だから遠乗りも賭けだったんだ」

「そんな……。ぼくはすごく楽しかったです。それに、アルベルト様はそこにいてくださるだけで周りの皆の気持ちがあたたかくなります」

「今の言葉をフランシスに聞かせてやりたいものだな。目を丸くするに違いない」

「もう。ほんとうですよ」

「わかっている」

アルベルトがひょいと肩を竦める。そうして眉尻を下げながら「ありがとう」と笑った。

「アルベルト様こそ、お仕事ばかりでお休みになる時間もないでしょう。お疲れが出ないか心配です」

「俺なら大丈夫だ。少しはおとなしくしろと言われているくらいだからな」

この間も騎士団長との稽古に夢中になりすぎて家令からお小言が飛んだのだそうだ。

「忙しいくらいが性に合ってる。たまにゆっくりするのも悪くはないが、なにせやることも考えることも山積みだからな。それに、早く公務を終わらせればその分こうしておまえと過ごす時間も増える。悪くないだろう?」

器用に片目を瞑るアルベルトに、サーシャは苦笑とともに頷いた。

「それならどうか、ご無理だけはなさらないでくださいね」

「約束しよう」

力強い言葉を聞き届け、サーシャは再び湖の方に目を向ける。空を映した青い湖面は神秘的で、どれだけ見ていても見飽きることはなかった。

ここでこうしていると、日々の暮らしがとても遠いものに思えてくる。城ではたくさんの人に囲まれる生活が当たり前だったから、静かすぎてなんだか不思議だ。

そう言うと、アルベルトは「落ち着くだろう」と頷いた。

「俺の秘密の場所なんだ。これまで誰も連れてきたことはない」

サーシャがはじめてだと言われて、なぜかわからないけれどトクンと胸が鳴る。

「どうして、教えてくださったのですか」

「おまえに知ってほしかったのかもしれない。……毎年、イースターの日はここへ来るんだ」

イースターといえば、神の復活を祝う春の行事だとテオドルから教わった。町にはたくさんの市《いち》が出て盛大にお祝いをするのだと。きっとアルベルトも国王として参加するに違いない。

「お祭りの帰りに、ここでゆっくりなさるのですか」

アルベルトが静かに首をふる。そこにはさっきまでのあかるい笑みはなく、代わりに深い翳りが浮かんでいた。

「ここに来るのは、あの子に花を手向けるためだ。弟の、ユリウスに」

「ユリウス様……以前、事故で亡くなったと伺いました」

わずか六歳の時だったと聞いた。まさか、この湖で命を落としたのだろうか。

痛ましい想像に唇を嚙みながら隣に座るアルベルトを見上げる。

彼はまっすぐに前を向いたまま、ここではない、どこか遠くを見るように目を眇めた。

「ユリウスは復活祭を毎年とても楽しみにしていた。たくさんイースターエッグを見つけるんだと目をきらきらさせてな……。俺も一緒に行こうとねだられたが、あの日はしかたなく断った。隣国からの使者が来ていて、前国王である父とともに晩餐会に出席しなければならなかったからだ」

国賓を迎えるのは国王の務め。アルベルトは当時王位継承者の立場ではあったが、ゆくゆくは王座に座るものとして当然のように政務についていた。

「あの時一緒に行ってやっていれば……俺がいて守ってやれれば、ユリウスは死なずに済んだかもしれない。死の間際、どれだけ怖い思いをしただろうと今でもくり返し夢に見る」

アルベルトはきつく目を閉じる。眉間に皺を寄せ、こぶしを握り締め、彼は己の中を抉るようにして吐き出した。

「ユリウスは、狼に襲われて死んだ」

「――――」

その瞬間、強い風が吹いてきて木々の枝をいっせいに揺らす。

ザアッという唸り声のような音の中、サーシャは瞬きもせずにアルベルトの横顔を見つめ続けた。巻き上げられた髪を押さえる余裕もない。なにを言われたか、すぐには理解することもできなかった。

「九年前、この国を飢饉が襲った。だが食糧不足そのものは前の年からはじまっていたんだ――」

当時の人々は冷夏に悩まされていた。日照不足により作物が育たず、飼料も満足にやれないことから家畜も皆痩せ細った。深刻な状況は森で暮らす動物たちも同じで、とうとう飢えた狼たちが群れをなして村を襲撃したのだそうだ。

「農村はたちまちパニックになった。行き場を求めた村人たちは我先にと町に逃げこみ、それを追いかけて狼もやってきた。イースターを祝うための人であふれた町は阿鼻叫喚《あびきょうかん》だ。兵士や侍従たちは懸命にユリウスを守ろうとしたそうだが、獰猛《どうもう》な獣の勢いを削《そ》ぐことはできなかった」

わずか六歳の幼い王子は鋭い牙を前になすすべもなかった。

ユリウスだけではない。同じく逃げ遅れた子供やその母親までもが飢えた狼の一噛みでその命を散らしたのだそうだ。蜂蜜色の石畳は尊い犠牲で真っ赤に染まった。

「弟が死んだと聞かされて目の前が真っ暗になった。どれだけ自分を責めたかわからない。あの時、俺がついていれば……守ってやれればと……っ」

アルベルトが苦しげに声を絞り出す。いまだ折り合わない感情が彼の中で渦巻いているのだろう。

けれど、もう一度当時に戻れたとしても、未来に起こる事件のことを知らない限り、次期国王となる彼が政務よりプライベートを優先する選択をするとは思えなかった。

その年、二十歳の誕生日に、アルベルトは王位を継ぐことになっていたのだそうだ。

晩餐会ではそのような話も出ただろう。城中がお祝いムードだっただろう。そんな中、祭りに行きたいなどと我儘を言えば側近たちから窘められたに違いない。すべてはもう終わってしまったことでしかないけれど。

第二王子の死を悼み、国中が喪に服した。

アルベルトの即位自体も翌年に延期を余儀なくされた。そうして暗く沈んだ一年を過ごした後、アルベルトは固い決意とともにイシュテヴァルダの王となった。

「二度と同じ過ちをくり返さないと自分に誓った。ユリウスの死を無駄にはしないと。この国を、民が安心して暮らせる平和な国にするのだと。そのために、国を混乱に陥れた狼を禁忌の生きものと定め、殲滅を命じた」

アルベルトがあらためて己に言い聞かせるようにきっぱりと告げる。

それを聞いて、彼が狼狩りを命じた理由がよくわかった。

たったひとりの弟を狼に奪われたアルベルト。

たったひとりの父を彼に奪われた自分。

自分たちは、不幸な連鎖によって大切なものを亡くした同士だ。そんなところが似ているなんてよもや思いもしなかった。

ユリウスを亡くした時のアルベルトの悲しみは手に取るようにわかる。父レオンを失った時に感じたあの途方もない焦燥感、眠っても眠っても癒やされない心というものを、サーシャもまた嫌というほど味わってきた。もう二度と会うことも、抱き締めることも、言葉を交わすことすらできなくなる死というものの重さを突きつけられた思いだった。

狼の姿となって自ら囮になった父レオン。

彼が自分たちを守ってくれたように、自分が盾となって父親を守れていたらと考えたことはこれまでなかった。当時自分はまだ小さくて、なにが起きているかよくわからなかったし、なにより存在そのものが許されない人狼である以上、人前に出ることはタブーだった。

けれど、アルベルトは違う。

あの日使者が来なければ、間近に即位を控えていなければ、公務をおいてでも弟と行動をともにしていれば、あるいは助けられたかもしれないのだ。そのことが今もなお彼の心に暗い影を落としている。どんなに不幸な事故だったと皆が口を揃えても、彼だけは自分自身を許さない――――いや、許さないことで償おうとしているのかもしれない。


生きていること自体を代償にしているアルベルト。生きていること自体が決して許されない自分。こんなにも違うのに、背負う苦しみだけは似ているなんておかしな話だ。そしてそれを癒やすすべさえ持ち合わせていないなんて。

「お気持ち、お察しします」

どんな言葉を選んだらこの気持ちが伝わるかわからなくて、やっとそれだけを絞り出す。

アルベルトは痛みをこらえるように目を細めた。

「わかってくれるのか」

「大切な人を亡くした痛みは決して消えるものではありません。同じ思いをしたからわかります」

「あぁ。おまえは両親を亡くしているのだったな。辛い思いをしたな」

横から逞しい腕が伸びてきて、そっと肩を引き寄せられる。彼の胸に頭を預けるなり包みこむようにぎゅっと身体を抱き締められた。

「サーシャ」

頭上から低く掠《かす》れた声が降る。

抱き締められたらうれしいはずなのに、どうしようもなく泣きたくなった。小さく洟《はな》を啜《すす》ったのが聞こえたのか、わずかに身体を離したアルベルトが顔を覗きこんでくる。

「泣いているのか」

「ち、違います」

「不安に思うことがあるのか」

「いいえ。いいえ……」

何度も何度も首をふる。

そんなサーシャを、アルベルトは離すまいとするかのようにもう一度強く抱き締めてくれた。

「安心しろ、サーシャ。これからは俺がおまえを守る。また狼が現れたとしても、必ずだ」

「……っ」

その言葉に、思わず身体がぶるっとふるえる。

サーシャが怖がったと思ったのか、アルベルトは何度も背中を撫でてくれた。

彼の腕の中で身体を丸めながら胸に刺さった言葉をくり返しくり返し反芻《はんすう》する。焦りとも不安ともつかないものがじわじわとこみ上げてきて、サーシャはぎゅっと目を瞑った。

——また狼が出たとしても、必ずだ。

目の前の相手が人狼だと知ったら彼はなんて言うだろう。

守ると誓った相手が弟殺しの末裔《まつえい》だと知ったら彼はどう思うだろう。

考えるまでもない。彼は絶対に自分を許さない。

それだけはわかった。

——どうしよう……。

どうにもできない。どうにもならない。それでも、それでも。

――アルベルト様に、嫌われたくない…………。

ただその一心だった。

彼を失いたくない。彼の傍にいたい。彼とすべてをわかち合いたい。それがどれだけ無謀な願いであるか痛いほどにわかっていても。

無意識のうちにアルベルトの服の裾をぎゅっと握り締める。

そんなサーシャに気づいたのか、やさしくポンポンと背を叩かれ、顔を上げるように促された。

「おまえが怖がらずにいられるよう、いいものをやろう」

アルベルトはそう言って、首から提げていた銀色の十字架を外すとサーシャに差し出してくる。

「銀は毒に反応する。代々お守りとして持っていたものだ。誓いの証にこれを」

「そっ、そんな大事なもの、いただくわけにはいきません」

「俺がおまえにやりたいんだ。おまえの銀色の髪にきっと似合う。つけてみてくれないか」

自分になんてもったいないと固辞するサーシャにアルベルトも譲らず、誓いの証なのだからと押しきられて最後は受け取ることになった。

まるで神聖な儀式のようだ。頭を垂れたサーシャの首に、アルベルトが銀の鎖をかけてくれる。身体を起こして向き合うと、鈍色《にび》に光る十字架が胸の真ん中あたりでゆらりと揺れた。

「よく似合っている」

「アルベルト様の大切なものだから、とても重たく感じます」

十字架にそっと手を添える。

そんなサーシャに、アルベルトはうれしそうに目を細めた。

「おまえは俺の心に寄り添ってくれた大切な存在だ。だから俺もおまえを守る。それをここに誓おう。これからずっとだ」

「アルベルト様……」

「王族に生まれた以上、この身が背負うべき役割は多い。国を守り、民を守り、伝統を守りながら経済を発展させなければならない。そして、それらすべてを次の世代につなげていかなければ――。いずれは俺も両親のように心が通わぬ結婚をして、誰のことも愛せぬまま生きていくのだろうと思っていた。そんな時だ、おまえと出会ったのは……。サーシャ、おまえのおかげで俺は変わった」

「ぼく、ですか」

「運命の相手に出会った時、人はどうしようもなく心を動かされるのだと教えてくれた。王である前に、自分もひとりの男なんだと気づかされた。こんなふうに思えるのはきっと一生に一度きりだ」

真剣な眼差しを向けられていやがうえにも鼓動が高まる。

「おまえと、これからもずっと一緒にいたい。俺の言っている意味がわかるか」

「……あ……」

すぐには答えられなかった。自分に都合のいいように聞こえてしまって、とても冷静にはなれなかったからだ。

――どうしよう。

違うのに。自分が思っているような意味じゃないのに。ましてや人狼の自分となんて、一緒にいたいと思うわけがないのに。

――でも、それでも、もしかしたら……。

淡い期待を抱いてしまいそうになる。ほんのわずかでも希望を持ってしまいたくなる。

うろうろと視線を彷徨わせていると、それを誤解したのか、頭上から小さな嘆息が降った。

「困らせて悪かった」

やさしく頭を撫でられて、弾かれたように顔を上げる。

「いきなりこんなことを言われても答えるのは難しいな。嫌な思いをさせていたらすまない」

「い、嫌だなんて。そんなことありません」

「無理しなくていい」

「無理なんかでもありません。ほんとうです。アルベルト様にいただくもので嫌なものなんてただのひとつも」

必死に首をふる。

嫌な思いだなんて思ってほしくなかった。無理をしているとも。自分勝手に受け取ろうとした自分を戒めていただけだから。

アルベルトの瞳に、一心に見上げる自分が小さく映っている。彼の目にも同じように自身が見えているだろう。どうかこの身勝手な気持ちが透けてしまいませんように。誤解なく伝わりますように。

そんなことを思いながら、どれくらいそうして見つめ合っていただろう。

アルベルトがふっと相好を崩した。

「そんな目をしていると、俺に都合のいいように解釈するぞ」

「え……？」

「言っておくが、俺はおまえを運命の相手だと思っている。それはおまえがどんな返事をくれようとも変わらない。生半可な気持ちでないことは伝えておく。俺は本気だ」

「アルベルト様……」

　飾らないまっすぐな言葉が心に刺さる。胸の高鳴りごともう一度強く抱き締められ、アルベルトの香りを胸いっぱいに吸いこんで、サーシャはぎゅっと目を閉じた。

　本気だと言ってくれた。運命の相手だとも。うれしくて胸が苦しいくらいだった。自分なんかでいいのだろうかという迷いと、なにをおこがましいという自戒の声が己の中で鬩《せめ》ぎ合う。

　それでも。それでもずっとこうしていたい。一秒でも長く、できることならこのままずっと、こうしていられたらどんなにいいだろう。

　こんなにも強い気持ちが自分の中にあったことに驚かされる。そしてそれは、一度気づいてしまえばなかったことになんてできそうになかった。

　――――アルベルト様………。


　じわりと熱いものが胸の奥から迫り上がってくる。はじめての感覚に戸惑いながらも、サーシャは自分を包むぬくもりに縋《すが》る思いで身を任せた。


　それからというもの、寝ても覚めてもアルベルトのことばかり考えるようになった。

　――俺はおまえを運命の相手だと思っている。

　あの時の真剣な眼差しを思い出しただけで胸がドキドキと苦しくなる。

　誰かにそんなふうに言われたことなんて一度もない。森の奥でひっそりと暮らしていた頃には想像もつかなかったことだ。

　それが思いがけず町に出てきてアルベルトと出会い、城に招かれ、ともに過ごすうちにいつしか心が傾いていった。そんな相手から運命と言われてうれしくないわけがない。あれ以来、心臓をぎゅうっと鷲摑みされているかのようにアルベルトのことで頭も心もいっぱいだった。

その日は、アルベルトが仕事で忙しく、散歩の時間が取れなかった。

大抵はフランシスに無理を言ってでも日課であるサーシャとの散歩を優先させる彼が忙殺されているというのだから、よほど大変なのだろう。

部外者である自分には政務のことはわからないけれど、国の防衛や軍事活動を騎士団に指示したり、司祭に作らせた公文書をもとに裁判を行ったり、あるいは城内の運営と領地の状況について家令から報告を聞いたりと、決まった仕事だけでも山のようにあると聞いたことがある。

国境付近でおかしな動きがあれば軍事会議は頻発するし、隣国で疫病が流行《はや》れば調査団を派遣して対策を命じる。国全体だけでなく、時々刻々と変わる周辺国との関係によってもやらなければならないことは次々に生まれるのだ。

このところずっとそんな調子だったため、とうとうフランシスが家令の権力を行使し、散歩の時間をアルベルトの休息に当てさせた。そうでもしないと睡眠時間を削りかねないと長年のつき合いでわかっているのだ。

理由を説明してもらったおかげでサーシャもそれに賛成した。

会いたい気持ちはあっても、アルベルトの身体の方が優先だ。国王が倒れてしまっては国中が心配するだろう。案の定、アルベルトだけは異を唱えたようだったが、そんなところまで抜け目なく読んだ側近によって代わりに夜のひとときが融通された。

私室に来てくれと呼び出されたのはついさっきの

ことだ。

散歩が取りやめになり、てっきり今日会うことはないだろうと思っていたので驚いた。寝る支度をしてベッドに入ろうとしたところでテオドルがやってきて、「陛下がお呼びだ」と肩を竦めた。

「一日一度はおまえの顔を見ないと気が済まないらしい」

「こんなお忙しい時にまで……無理をさせてしまって申し訳ないです」

俯くサーシャに、テオドルはなぜか「逆だ逆だ」と笑う。

「陛下にとって、おまえは元気の源みたいなものだからな。だからおまえに会えないと陛下の機嫌が悪くなる。そのとばっちりをフランシスが受けて、フランシスの八つ当たりを俺が受ける」

「そ、そうですか。それはあの、すみません……」

よくわからないまま謝るサーシャにテオドルは声を立てて笑う。

「おまえのせいじゃない。だが、それぐらい陛下にとっておまえは大きな存在だってことだろう。あの方が誰かに執着するなんてはじめてのことだ。俺もフランシスも驚いている」

小さな頃から側仕《そばづか》えしていたフランシスでさえ、こうしたことは覚えがないという。

「これまでは政務に集中していた陛下が、このところはとりわけ楽しそうな表情をよくなさっている。俺たち家臣にとってもうれしい話だ。おまえが来てくれたおかげだな」

「ぼくですか？」

「あぁ。陛下にとって、おまえは運命の相手なんだろう」

「あ……」

その言葉を、ついこの間も本人の口から聞いた。

周囲から見ても同じように見えているなんて。

驚くサーシャの背をポンポンと叩いてテオドルが移動を促す。

かくしてアルベルトの私室に赴いたサーシャは、薦められるままに隣に座って窓から一緒に夜空を眺めることとなった。

「たまには月でも見ながらゆっくりしろということかもしれんな」

隣でアルベルトが苦笑する。

こんな遅い時間に会うのははじめてのことで、シンとした部屋に響く低い声にドキリとさせられた。

漆黒の闇には星が瞬き、その光を統べるようにして白い月が皓々《こうこう》と輝く。

まるでたくさんの臣下を従えたアルベルトのようだ。雄々しく強く、圧倒的な光を放っている。そうして見上げるものたちに道を示す。

そう言うと、アルベルトは目を丸くしてこちらを見た。

「俺は、おまえのようだと思っていた。あの銀色の光を見ていると心が浄化されるような気がしないか。そういうところがやさしいおまえによく似ている。おまえのこの銀色の髪も、月の雫《しずく》を集めたように美しい」

「アルベルト様……」

聞いているだけで頬が熱くなってくる。それを両手で押さえながらサーシャは上目遣いにアルベルトを見た。

「そんなふうに言っていただくなんて、ぼくにはもったいないばかりです」

「おまえはなにかにつけて謙遜しすぎだ。もっと自分のいいところを認めて褒めろ」

「アルベルト様のことならいくらでも。……ですが、自分のことというのは……」

「ならば俺が代わりにおまえを褒めよう。いくらでも言えるぞ」

「お手やわらかにお願いします……」

尻込みするサーシャを見てアルベルトは声を立てて笑う。顔を見合わせて微笑み合った後、再び静かに月を見上げた。

「今日はほんとうに慌ただしい一日だった。昼間は時間が取れずにすまなかったな」

「アルベルト様がお忙しくしていらっしゃるのは承知しています。どうかお疲れの出ませんように」

「心配してくれるのだな。ありがとう、サーシャ」

そっと髪を撫でられ、うれしくなって小さく笑う。

そうするとアルベルトはもっと笑わせようというように何度もやさしく髪を梳《す》いた。

「日の光の中でおまえと語らい歩くのも楽しいが、こうしてゆっくり話をするのもいいものだ」

「そうですね。それに、ここなら眠くなってもすぐにお休みいただけます」

「俺はそこまで軟弱ではないぞ。おまえを傍に置いて先に寝るなど」

「それなら、子守歌を歌って差し上げます」

「俺は子供か」

顔を顰めてみせるアルベルトに悪いと思いながらも噴き出してしまう。

それに、膝枕をしながら子守歌を歌うというのもそれはそれでいいかもしれない。疲れを取ってもらえるし、クラウスから教わったばかりの歌も披露できる。

そう言うと、アルベルトはますます渋面になった。

「おまえの歌は聴きたいが、それでは王の威厳が保てん」

「ご自分の部屋にいる時まで王様でなくてもいいと思います。それに、ぼくはこの城の人間ではありません。ぼくの前ではなにをしても大丈夫ですよ」

アルベルトは驚いたように言葉を呑む。それからゆっくりと息を吸いこみ、間を置いて吐き出した。

「確かに、おまえをこの城に連れてきたのは俺だ。おまえとお互いのことを知り合う時間がほしかったからだ。おまえはここで様々なことを学び、それを生かしてテオドルの仕事を手伝ってくれているな。それればかりか、俺たちにもいい影響を与え、この国がいい方向へと変わっていくための後押しをしてくれている。そんなおまえはもう立派な城の一員だと俺は思う」

「アルベルト様……」

そんなふうに言ってもらえるなんて。

無我夢中でやってきたことをしっかり見ていてもらえたんだと実感し、胸がじんわりと熱くなった。

「ありがとうございます。うれしいです」

「おまえはもっと自覚を持て。誰がなんと言おうと、おまえの味方はここにいるんだからな」

アルベルトはそう言って自身の胸を親指で指す。

「それぐらいの覚悟がなければ、運命の相手だなどと言えるわけがない。いついかなる時も俺がおまえを守る。絶対にだ」

そっと身体を引き寄せられ、わずかな衣擦れの音とともにあたたかな胸に抱き締められた。

直接触れたところからアルベルトの鼓動が聞こえてくる。不思議だ。トクントクンという音を聞いているだけで涙が出そうになってくる。今ここに彼が生きていて、こうして自分を抱き締めてくれている。ただそれだけがうれしかった。

小さい頃、自分を抱き締めてくれた母親はもういない。父親もいない。両親が亡くなって以降、自分をあたためることができるのは自分の細腕だけしかなかった。誰かの心臓の音を聞くこともなかった。

だからこうしているだけで、アルベルトがここにいることを感じてうれしくなる。いや、それだけではない。彼に触れられているだけでドキドキと胸が高鳴ってくる。アルベルトの男らしくも甘い匂いを吸いこむたびに眩暈にも似た衝動を味わった。

「頭が……クラクラします……」

「そうか。俺もだ」

「アルベルト様も?」

「それはそうだろう」

さも当然とばかりに頷かれたものの、理由がわからず首を傾げる。

そんなサーシャを見て、アルベルトはまたも声を立てて笑った。そうして今度は片手を背中に回され、凭れかかるように肩を引き寄せられる。

「あの…、お、重たいのではないでしょうか」

「おまえなど重さのうちに入らん。心配せずに凭れていろ」

「ですが……」

「俺がこうしていたいのだ。それならいいか」

きっぱりと言いきられてしまい、勢いに押されるままそろそろと力を抜く。すると「そうだ」と言わんばかりにポンポンと二の腕を叩かれた。なんだかほっとしてしまう。

それでも胸の高鳴りは収まるどころか、激しさを増すばかりだけれど。それをアルベルトに知られてしまうのは恥ずかしくて、できるだけ落ち着いたふりをしながら身体を預けていた時だ。

なにかを思い出したように、アルベルトが「あぁ」

と呟いた。

「おまえを守るという話で思い出した。今日は急遽《きゅうきょ》、調査団の報告が入ってな……。これぱかりは後回しにするわけにはいかないと後ろの予定を調整させたんだ」

そのせいで散歩が取りやめになったのだそうだ。

「調査とは、どんなことをなさっているんですか？」

「狼の絶滅に関する調査だ。どこかに生き延びている個体がいないかどうかを徹底的に調べさせている」

「……っ」

思わず息を呑む。

それは、頭を殴られたような衝撃だった。

八年前、大規模な狼狩りによって禁忌の生きものを制圧した後も、イシュテヴァルダはたびたび災いに見舞われた。昨年の大飢饉は記憶に新しい。

備蓄食料のおかげで辛うじて人々は生き延びたものの、今年蒔《ま》く種も充分確保できたとは言えず、生産量激減の爪痕は今後にも影響を残すこととなった。そのため、狼の殲滅を目的として王自ら視察をするだけでなく、国のあちこちに調査団を派遣して定期的に状況を報告させているのだそうだ。

——そう、だった……。

淡々とした説明を聞きながら、今さらのように彼と自分との間に横たわる深い溝の存在を思い出す。どうして忘れていられたのだろう。決して埋まることのない、決して許されることのない断崖絶壁を隔てて自分たちは向き合っているのに。

絶句するサーシャの肩をアルベルトがやさしくさすってくれる。

「狼の話をするとおまえはいつも黙るな。怖い思いでもしたことがあるのか」

「い…、いいえ」

辛うじて首をふる。

するとと肩を撫でてくれていた手が後頭部に回ってきて、そのまますっぽりと抱きこまれた。

「大丈夫だ。この目で国の隅々まで見張っている。おまえに怖い思いはさせない。約束しよう」

アルベルトが言葉を重ねれば重ねるほど、自分が彼の敵であることをまざまざと思い知らされる。

この身体には半分狼の血が流れているなどどうして打ちあけられるだろう。口外したら殺される、そんな死への恐怖以上に、運命の相手だと思っていたサーシャが人狼だと知った時の彼のショックを思うと言えなかった。

アルベルトは身体を離し、サーシャの顔を覗きこもうとする。

けれどサーシャはどうしても顔を上げることはできず、唇を嚙んで俯いた。まっすぐな目で見つめられることが怖かったからだ。

「サーシャ」

だがアルベルトは怯《ひる》まない。ソファを立つとサーシャの前に回りこんでくる。

どうしたのかと思っていると彼は膝が汚れるのも厭《いと》わず、静かにその場に跪いた。

「サーシャ。もう一度、目を見ておまえに伝えたいことがある」

射貫くような焦げ茶の瞳。情熱的な眼差しに搦《から》め捕られて、このまま息もできなくなりそうだ。

アルベルトはサーシャの右手を取ると、大切な宝物を戴《いただ》くようにそっと上下から手を包みこんだ。

「俺は、誰よりもおまえを大切に思っている。この命の果てるまでおまえとともに生きていきたい。おまえの傍で生きていきたい。おまえはそれを許してくれるか」

「アルベルト様」

「サーシャ。おまえを愛している」

――そんな、ことが……。

息が止まる。

音が止まる。

目の前のアルベルトしか見えなくなる。

愛していると言ってくれた。誰よりも大切に思っていると。

こんなしあわせなことがあっていいのだろうか。うれしくてうれしくて胸が潰れてしまいそうだ。ほんとうにうれしい時、人は声も出せなくなるのだとはじめて知った。

――それなのに。

こんなにもうれしいのに、自分は人狼だ。彼の憎悪の対象だ。どうやっても許されない存在である自分が彼の想いを受け取るなんてできない。


――どうして……どうしたら……。

自分だって、この命の果てるまでアルベルトと一緒にいたい。うれしいことも悲しいことも、楽しいことも苦しいことも、全部わかち合って生きていきたい。それほどに自分の中でその存在は大きくなってしまった。今さらなかったことになんてできない。

――アルベルト様が、好き………。

やっとやっと自覚した想いは、言葉にした途端、空気に触れて消えてしまいそうだ。

それなら形を成している間に打ちあけたい。彼の想いを受け止めたい。けれど、彼を苦しめるとわかっていて手を取ることなんてどうしてもできない。

「アル、ベルト…、様……」

だからせめてもの想いをこめて愛《いと》しい名前を唇に乗せる。好きだと自覚してから呼ぶその名は痛いほどささくれた心に染みた。

こみ上げる想いは涙となり、両の目からぽろぽろと落ちる。

言葉もなくただ泣き続けるサーシャを見て、アルベルトがそっと指で涙を拭ってくれた。

「そんなふうに泣かせてしまうとは思わなかった。うれし泣きならおまえのことだ、胸に飛びこんでくるだろう。そうしないということはつまり……そういうことなんだな」

小さな嘆息とともに身を引かれそうになり、サーシャはとっさに首をふった。

「ち、違う…っ、違い、ます」

「無理をするな」

「無理じゃ、あり、ませ……っ」

大きく息を吸おうとした途端、呼気が喉に詰まってしまう。ケホケホとみっともなく咳《せ》きこんでいる間もアルベルトは急《せ》かすことなく、やさしく背中をさすってくれた。

「アル、ベルト様……アルベルト、様……」

「もういい。もうわかった」

「いいえ……。おね…、がい……ですから」

どうか訂正させてほしい。そういうことだなんて思わないでほしい。

せめて誤解だけはしてほしくなくて、サーシャはゆっくり一度深呼吸をすると、意を決して再び口を開いた。

「アルベルト様に、あんなふうに言っていただいて、すごくうれしかったんです」

「……サーシャ?」

アルベルトが真意を計るようにじっと目を見返してくる。その真剣な眼差しに、胸の奥に熱いものが迫り上がってくるのを感じた。

もうこれ以上押さえられない。胸に秘めてはいられない。

「アルベルト様を……お慕い、しております」

打ちあけた瞬間、耳に入った自分の声でサーシャははっと我に返った。

どうしよう、言ってはいけないことを言ってしまった。もう二度と後戻りはできない。そんな後ろめたさと取り返しのつかない焦燥感に胸の奥がざわざわとなる。

「サーシャ……」

小さく名を呼ばれた瞬間、不安を言い当てられたようでサーシャは深々と頭を下げた。

「ぼくがアルベルト様にふさわしくないことは自分でもよくわかっています。本来なら不惑を誓わなくてはならないことも……。それができなかったのはぼくの弱さです。申し訳ありません」

膝の上で両のこぶしをぎゅっと握る。

どれくらいそうしていただろう。頭上から静かなため息が降った。

「なぜ謝る」

「だって」

「俺がそれをよろこぶとでも思っているのか」

はじめて向けられる容赦のない言葉が胸に刺さる。身を竦ませながら顔を上げると、アルベルトは自分の方が痛くてたまらないような顔をしてまっすぐにこちらを見ていた。

「サーシャ。俺は、おまえを愛している。おまえのすべてをだ。俺が心から大切に思うものを、どうか粗雑に扱ってくれるな」

「アルベルト様」

「俺はおまえがなにものであっても構わない。ただおまえでありさえすれば」

「……っ」

あぁ、あぁ、こんなことがあるだろうか。こんな言葉があるだろうか。

ありのままのすべてを受け止めてもらえるのだと思ったら、それだけでまたあたたかな涙が頬を伝う。けれどそれは悲しみではなく、うれしさゆえにこぼれ落ちるものだった。

ほんとうはいけないことだとわかっている。

それでも、今だけはこの言葉に縋っていたい。

そんな気持ちが透けて見えたのだろうか、アルベルトは誓うようにサーシャの手の甲にくちづけを落とした。

「愛している。おまえも同じだと言ってくれるか」

「はい……。はい、アルベルト様」

「……っ」

答えると同時に強く腕を引かれ、力いっぱい抱き締められた。


「サーシャ……やっと俺のものだ。俺だけのものだ」

「ぼくは、アルベルト様のもの……」

耳から入る自分の声が現実感を持って迫ってくる。

——アルベルト様のものになる。アルベルト様だけのものになれる。

そう思っただけで心がふるえた。

うれしい。うれしくてたまらない。それなのに胸は苦しくて、せつなくて、どうしようもないほどズキズキと痛む。だからこそ今だけはこの腕を離したくなくて、サーシャは自分からも手を伸ばして広い背中を抱き締めた。

愛しい胸にそっと顔を埋め、目を閉じる。

はじめて抱き締めてもらった時はそのあたたかさにほっとした。両親が亡くなった後、自分を抱擁するのは自分の腕だけだったから。アルベルトに包みこまれて心のやすらぎをはじめて知った。

けれど今は、少し違う。

愛しい人の匂いを吸いこむほどにドキドキと胸が高鳴る。森を思わせる落ち着いた匂いに混じってどこか甘く官能的な香りが鼻孔をくすぐり、息をすることさえ苦しくなった。

自分はどうしてしまったんだろう。それさえもがうれしいなんて。

身悶《みもだ》えるサーシャを気遣うようにアルベルトが身体を離す。少し覗きこむような間があった後で、不意に髪にあたたかなものが触れた。

「あ……」

それが彼の唇だったと気づいた瞬間、弾かれたように顔を上げる。

そこには、じっとこちらを見下ろす真剣な双眼があった。

「サーシャ、おまえがほしい。おまえのすべてだ。俺の言っている意味がわかるか」

獲物を狙う獣のような目に本能が警鐘を鳴らしている。それでもまっすぐに見つめられ、低く掠れた声で請われて、身体は燠火《おきび》を灯《とも》されたようにじわりじわりと熱くなった。

いくら色恋事に疎い自分でも彼が求めていることぐらいわかる。愛し合うもの同士は心を重ね、そして身体も重ねるのだと。

——アルベルト様と……。

想像しただけでこくりと喉が鳴る。

それを見逃さなかったアルベルトは眩しいものを見るように目を眇め、クッとなにかをこらえるように眉間に皺を寄せた。そんな表情に戸惑いを覚えたのは一瞬のことで、腕の力がゆるんだと思った次の瞬間、身体がふわっと浮き上がった。

「わ……」

横抱きにされたことでアルベルトの顔がすぐそこにある。熱を孕《はら》んだ焦げ茶の瞳がサーシャの胸を深く射貫いた。

「もう待てない。今すぐおまえを愛したい」

そう言うや、アルベルトはサーシャを軽々と腕に抱えたまま奥の寝室へ入っていく。

その荒々しい歩調とは裏腹にそうっと寝台に下ろされ、横たえられて、胸の鼓動はいっそう逸《はや》った。ベッドがギシリと軋《きし》むたびに緊張に息が止まりそうになる。

「ふるえているな。怖いか」

「いいえ。でも…、ぼく、どうしたら……?」

どうやったらアルベルトの望むようにふるまえるのかがわからない。小さな頃の友達は皆散り散りになってしまったし、両親も早くに亡くしたサーシャにはこういったことの知識がないのだ。

そんな不安が透けて見えたのだろう。アルベルトが小さく含み笑った。

「安心しろ。俺に任せておけばいい」

「でも、それではアルベルト様は……」

「おまえが受け入れてくれることがなによりうれしい。俺にはそれで充分だ」

髪に宥《なだ》めるようなキスが降る。それでも具体的に言ってもらえないのは寂しくて、サーシャは思いきって腕を伸ばした。

「ぼくなら、大丈夫です。アルベルト様のしたいようにしてください」

「こら。そんなすごい誘惑をするな」

なぜか苦笑とともに軽く睨まれる。言い方がよくなかったかと思っていると、小さく嘆息したアルベルトが上から覆い被さってきた。

ベッドが軋む音とともに視界のすべてが彼で埋ま

る。愛しい人以外見えなくなる。

アルベルトは焦げ茶の目を細めながら嚙み締めるように告げた。

「俺は、おまえと愛し合いたい。ただの快楽がほしいわけじゃないんだ。わかるか」

「え……？」

「俺がおまえに触れたいように、おまえにも俺をほしがってもらえたらそれだけでうれしい。愛し合い方はひとつじゃない。上手下手もなければ、正しいやり方なんてものもないんだ。俺はただ、身も心も全部さらけ出してひとつになりたい。……サーシャ、おまえと」

そっと手を取られ、懇願するように頰摺りされる。爪の上に落ちたキスは指から甲へ、そして手のひらへと少しずつ熱を伝えていった。

触れられたところから愛が染み入ってくるようだ。


「俺の言いたいことはちゃんと伝わったか」

「はい」

受け取ったものを示すように彼の指に自分のそれを絡めると、アルベルトは深く眉根を寄せながら嚙み締めるように目を細めた。

「愛している、サーシャ」

片方の手をつないだまま、ゆっくりと上体が倒れてくる。

隣の部屋からわずかに差しこむ薄明かりさえ遮られ、暗闇の中アルベルトの熱い吐息だけを感じた。その男らしく掠れた音に否応《いやおう》なしに胸が高鳴る。それをやわらげようとするかのように濡れた唇が二度、三度と頰に触れ、そののち熱く唇を塞いだ。

「ん、……」

押し当てられた唇のやわらかさ、そして熱さに目を閉じていても眩暈を覚える。子供の頃、両親にしてもらった『おやすみのキス』とはまるで違った。

――これが、ほんもののキスなんだ……。

触れ合っているだけでドキドキして頭がパンクしそうだ。唇を啄《ついば》むようにされるたび、しっとりと押し当てられるたびに胸が疼《うず》いてたまらなくなった。

「ん、んっ……」

けれどいくらもしないうちに息が続かなくなってくる。もぞもぞと身動ぐサーシャに、わずかに唇を離したアルベルトがふっと笑った。

「息を止めたら苦しいだろう。鼻で吸えばいい」

こんなふうに、と教えるようにアルベルトが鼻先でサーシャのそれに触れてくる。

そうして何度か触れるだけのキスをされているうちに、少しずつコツのようなものがわかってきた。

「……ふ、……んぅ、んっ……」

「そう。上手だ」

ご褒美に音を立てて唇を吸われる。ちゅっという水音に驚いて思わず唇を開いたところへ、今度は熱い舌がぬるりと潜りこんできた。

「んっ」

はじめて感じる、誰かの舌の感触。食べものを食べる時ぐらいしか意識したことのなかった器官が咥《こう》内《ない》に入りこみ、歯列を割り、歯茎の形を確かめるように舐《な》め上げられる感覚に頭の芯がグラグラした。

触れられるたびにビクリと身が竦み、執拗《しつよう》にそこをくすぐられる。今や舌も、歯の裏も、口蓋さえもジンジンと疼き熱を孕んだ。

こんなキスは知らない。こんな、なにもかもわからなくなってしまうようなキスは。

「ん、っ……ぁ、……」

舌同士を重ねられ、ぬるっと擦《こす》るようにされると、それだけで重たい熱が身体の奥に生まれるのがわかっる。肉厚の舌を絡められ、強く吸われて、思わず身体がビクンと跳ねた。

「んんっ」

「サーシャ……」

自分を呼ぶ声が昂奮《こうふん》のせいか低く掠れる。そんなことにすらどうしようもないほど煽《あお》られた。

頬を撫でたアルベルトの手が顎へ、そして首筋へと滑っていく。上着のボタンを片手で器用に全部外され、シャツの前も開けられて、無防備な肌に直接触れられた。

「アル、ベルト…、さま……」

身体を重ねるのだと頭ではわかっていても、いざ脇腹を撫で上げられただけで身が竦んでしまう。

けれど嫌がっていると誤解されたくなくて逞しい腕に縋ると、ふっという含み笑いが降ってきた。

「かわいいことをする」

「あ……」

耳元で低く囁《ささや》かれ、ぞくぞくとしたものがこみ上げる。それに身を捩ったのも束の間、大きな手のひらがすうっと胸の上を這い、サーシャのささやかな突起に触れた。

「んっ」

触れられた瞬間、どうしてだろう、ピリッとしたものが身体を駆け抜ける。痛みではない、けれどジンジンと熱を残す感覚に思わず目を見開いた。

アルベルトの手が二度、三度と先端を撫でては、その周囲までもくすぐってくる。時々親指で押し潰すようにされたり、豆を摘《つま》むように捏ねられて、そのたびに意志とは無関係に身体がふるえた。

「んんっ……そ、それ……やっ……」

「ここに触れられるのは嫌か？」

「違、うん……、んっ……だって、あの、ぼく……」

なんだか変なんです。

　消え入りそうな声で応えると、なぜか慎ましい突起を苛《さいな》む手が二本に増えた。左右同時に転がされ、そうかと思うとやさしく弾かれて身も世もなく悶えてしまう。これまでただ胸に存在していただけの器官はアルベルトに触れられ、いつしかもっともっととねだるようにぷっくりと立ち上がった。

「これまで自分で触れたことはないか？　誰かに触れさせたことも？」

「そんなの、ない…です」

「そうか。ここに触れるのは俺がはじめてか」

　アルベルトの声音に艶が混じる。

「ならばこれからも、俺以外に触れさせることは許さない」

　宣言とともに心臓の上にくちづけられ、そのまま左の突起をちゅうっと吸われた。

「あっ、アルベルトさ…、ま、ダメ……それっ……」

　指で触れられるのとはまるで違う濡れた感触に肌が粟立《あわだ》つ。さっきまで喉内をかき回していた舌が今度は花芽に絡みつき、ぬるぬると擦られるたびに熱いものが下肢へと伝った。

　右の突起は指で捏ねられ、今や熱を孕んだように疼いている。アルベルトの手技になすすべもなくひとり悶えている自分が恥ずかしくてたまらないのに、そんなこと意にも介さないどころか、むしろもっと見せてみろとばかりに愛撫《あいぶ》はいっそう大胆になっていった。

　ジンジンとした疼きは今や全身に満ち、出口を求めてうねっている。アルベルトの舌にべろりと舐め上げられただけで息もできないほど腰が揺れた。

「やんっ、んっ……ぁっ……ダメ、ぼく…、おかしい、です……」

自分の身体なのにまるで制御できない。与えられる快楽を甘受するたびすべてが造り替えられていくようで、怖さと気持ちよさの狭間《はざま》でグラグラと揺れた。

いつしか自身は痛いほど張り詰め、解放の時を待ち侘びている。

アルベルトもそれを察したのだろう。ためらいもなく右手を下肢に伸ばされ、サーシャはビクリと身をふるわせた。

「ア、アルベルトさま…、そんな、ダメですっ……」

「気持ちよくなれば勃《た》つ。男なら当然だ」

なにやらとんでもないことをサラッと言われたような気もしたが、今はこの痛みと快楽をどうにかしたくてサーシャは懸命にアルベルトを見上げる。すると縋りついていた片手を取られ、服の上から彼自身へと導かれた。

「……あ……」

はじめて触れる、他人の昂《たか》ぶり。そこには自分と同じように固く兆した雄があった。

「アルベルト様、も……？」

「おまえが気持ちよさそうにしていたからな。俺なんて見ているだけでこれだ。おまえは笑うか？」

弾かれたように首をふる。

それでもまだ信じられなくて、再びアルベルトの下肢を見つめた。

「ぼくを、見ていて、それで……」

「あぁ。おまえが感じているのを見るだけで俺にはたまらん。正直、これでもだいぶ我慢している。暴走しないようにな」

アルベルトが男らしい眉を寄せながら苦笑する。暗闇に目が慣れてきたおかげで垣間見えたそんな表情にドキリとする反面、胸がきゅんとなった。

「我慢なんてしないでください」

「さっきも言ったろう。一方的に抱きたいわけじゃないんだ。おまえを愛し、慈しみたい」

「アルベルト様……」

――おまえを愛し、慈しみたい。

アルベルトの言葉があたたかいスープのように心ににじんわりと染みこんでくる。そんなふうに言ってもらえるなんて。こんな自分に。

気づいた時には眦《まなじり》から涙がこぼれていた。

「なぜ泣く」

「だって……うれしくて……」

自分は人狼だ。この身体には、彼が忌み嫌う生きものの血が半分流れている。それを知らないからアルベルトはそう言ってくれるのだと思う自分と、サーシャがなにものであっても構わないと言ってくれた彼の言葉を信じたい自分とが心の中で激しく鬩ぎ合った。

懇願にも似た思いが、透明の雫となってシーツに吸いこまれていく。

それすら自分によこせとばかりに涙を指で掬われ、そのまま彼の口へと運ばれた。

「うれしくて流す涙も塩辛いのだな。おまえの味だ、覚えておこう」

今度は目尻にキスが降る。

「もっともっと、俺におまえを教えてくれ。おまえが知りたい。なにもかもだ」

「アルベルト様」

「サーシャ。愛している」

力強い言葉とともにアルベルトが再び覆い被さってきた。

片方の手を腰の下に差し入れられ、大きく反り返った胸の突起を熱い舌が舐め上げる。身悶えるようにも逞しい腕はビクともせず、爪先は虚《むな》しくシーツをかくばかりだ。そうこうしているうちに両足を大きく開かされ、アルベルトの身体を割り入れられて、本格的に身動きが取れなくなった。

　こんなふうにされたら中心で兆しているものが余計強調されてしまう。せめて腰を捻って隠そうとしたものの、サーシャの行動などお見通しなのか、アルベルトの右手がそこへと伸びた。

「あ、んっ」

　あっという間に下穿《したば》きの前を寛《くつろ》げられ、潜りこんできた手に固く張り詰めた自身を包まれる。そのぬるりとした感触に、自分が我慢できずに先走りを洩らしていたことを教えられて消え入りたいほど恥ずかしくなった。

　それでも羞恥を感じていられたのは一瞬のことで、胸をじゅっと吸われるのと同時に自身を手で擦り上げられ、はじめての感覚に息が止まる。突き抜けるような快感にサーシャはただ息を詰め、目をぎゅっと閉じて耐えるしかなかった。

「あんっ……あ、あ、……アル、ベルト…、様……」

　自分でも滅多に触れない。生理現象としてしかたなく処理していただけで、こんなふうに頭の芯がグラグラするような感覚に陥ったことはなかった。どうしよう。どうしたら。触れられたところから全身が蕩《とろ》けていきそうだ。身体が熱くてしかたなくて、閉じた瞼の裏にすらチカチカと星が飛んだ。

「はぅ…、んっ……はぁっ……あっ……」

　今や自身は限界まで張り詰め、すぐにでも弾けてしまいそうだ。せめて手を離してほしくて懸命に縋ったものの、逆に手淫を速められ、さらなる高みへと追い上げられた。

「我慢せず達《い》っていい」

「そん、な……あぁっ……あ……」

「サーシャ」

「やっ、アル…、……さま、ダメ……あっ、ダメ、え…………っ」

細い悲鳴のような声とともにサーシャ自身から蜜が噴き出す。びゅくっと勢いよく飛んだ白濁はアルベルトの右手のみならず、サーシャの胸や腹までも点々と濡らした。

全力疾走した後のように息が上がって声も出せない。はくはくと喘《あえ》ぐたび、アルベルトにもらった銀の十字架が薄い胸の上で上下した。

「んっ」

重みでずれた十字架が胸の突起を擦りながら脇腹へと滑り落ちる。そんな刺激にさえどうしようもないほど感じてしまい、先ほど吐精したばかりだというのに丸く膨らんだ先端からはまたもとぷんと白濁があふれた。

「ご、ごめんなさい……」

なんて淫らなんだろう。これでは呆れられてしまうかもしれない。

とっさに下肢を隠そうとしたサーシャに、アルベルトはふっと含み笑った。

「なにを謝ることがある。もっともっと気持ちよくなってくれ」

「それなら、今度はアルベルト様を……」

「いや、俺はいい」

思いきって提案してみたものの、即座に断られてしまう。

「おまえにされたらひとたまりもない」

「え？」

それはどういう意味だろう。

眼差しで問うものの応えはなく、代わりにサーシャを食らおうとするような強い眼差しが向けられた。雄の顔をしたアルベルトに身体の芯がぞくりとなる。無意識のうちに喉を鳴らすと、それが合図だったかのようにアルベルトがわずかに身を起こした。

腕に引っかかっていた上着とシャツをまとめて脱がされ、前を寛げたままのズボンも強引に足から引き抜かれる。サーシャの服をすべてベッドの下に放ると、アルベルトは自身の上着に手をかけた。

だが、装飾が邪魔をしてボタンが外しにくいらしい。苛立つあまり糸が千切れて包《くる》みボタンが床を転がっていく音が聞こえたが、それでも彼は構うどころかひと思いに上着を脱ぎ捨て、シャツの前を開けるなりサーシャに覆い被さってきた。

「……ん、……」

もう何度目のキスになるだろう。重なった唇はもとがそうだと思えるほどにしっくりと馴染み、ひとつに溶け合う。心地よさにうっとりと目を閉じていたその時、濡れた手が再び下肢に這わされ、さらに奥へと潜りこんできた。

「……っ」

自分でさえ触れたことのない奥まった場所。そこにひたりと指を当てられ、身体が竦んだ。

「ここで、俺を受け止めてくれ」

耳元で聞こえる声は低く掠れている。アルベルトが鋼のような理性で彼自身を制しているのだ。

「アルベルト様……」

肩に額を押し当てるようにすると、「大丈夫だ」と励ます声が返る。

「少しずつ慣らす。心配するな」

サーシャが頷くのを待って、ゆっくりとした動きで先ほどの残滓《ざんし》が塗《まぶ》されはじめた。

強張《こわば》った蕾《つぼみ》をあやすように撫でられ、やさしく何度も擦られてはじめての感覚に下腹が波打つ。じっとしていなければと思うのに、襞《ひだ》を押されるたび、指が潜りこんでくるたびに腰が揺れてどうしようもなかった。

太く長い指が、滑りの助けを借りてぬうっと入りこんでくる。

「んっ」

「痛くはないか」

「大丈夫…、です」

少し引き攣《つ》れるような感じがするけれど我慢できないほどじゃない。ぬくっ、ぬくっと小刻みに指を出し入れされるたびにぞくぞくとしたものが背を駆け抜け、落ち着かない気持ちにさせられた。

「あ…、んっ」

指先が腹側に向かってクッと曲げられ、中から隘《あい》路《ろ》を押し上げられる。


その途端、これまで感じたことのないような熱いなにかが内側から湧き起こった。

「え？　あ、……やっ、…んっ……」

「ここがおまえのいいところだな」

「なに…、あっ……んんっ……」

二度、三度と擦られるだけで身体が燃えるように熱くなる。生まれてはじめての感覚になすすべもなく、サーシャはぎゅっと目を閉じた。

そうしている間にも、アルベルトのもう片方の手がサーシャ自身に伸びてくる。

「あっ、……ぁ……」

埋めこまれた指の動きに合わせるように扱《しご》かれ、擦り上げられて、達したばかりの自身は瞬く間に天を仰いだ。中は激しく蠕動《ぜんどう》をくり返し、ねだるように長い指に絡みつく。

「んんっ……ぁ、んっ……」

眉を寄せ、懸命に快楽の波をやり過ごしていたサーシャは、不意に自身に触れたあたたかなものに思わず目を見開いた。

はじめは、なにが起きているのかわからなかった。

下肢へ視線を移してはじめて、アルベルトが身を屈めているのが目に入る。彼の咥内に迎え入れられているのだと理解した瞬間、弾かれたように心臓が鳴った。

「やぁっ、んっ……アル…、……あ、あぁっ……」

そんなことといけないと言わなければいけないのに、口を窄《すぼ》めて吸われただけで腰からぐずぐずに溶けてしまいそうになる。ねっとりと舌を絡められ、敏感な括《くび》れを唇で擦られて、サーシャは身も世もなく悶え惑った。

部屋の中にはサーシャの荒い息遣いと、唾液とも残滓ともつかない水音がひっきりなしに響く。いつしか後孔の指を増やされ、彼の大きさを教えるように左右に広げられながら、くちくちと時間をかけて拓《ひら》かれた。

「んっ…、ん、ぁん……っ……」

気の遠くなるような時間をかけて慣らされるうちに秘所はジンジンと熱を孕み、新たな刺激を甘受しようと淫らにうねる。アルベルトに大きくそそり立った雄蘂《ゆうずい》を宛がわれ、先端を擦りつけられて、心臓は壊れたように早鐘を打った。

「サーシャ」

切羽詰まった声で名を呼ばれる。それだけでこんなにも鼓動が逸る。

両足を大きく開かされ、胸につくほど折り畳まれて、高々と持ち上がった秘所に真上から昂ぶりが押し当てられた。

「挿《い》れるぞ」

「あ……、ぁ……っ」

グッと腰を突き出されると同時に熱塊が押し入ってくる。

それは信じられないほどの質量だった。あんなに慣らされた後孔ですら、その大きさに怯んで閉じようとする。サーシャは懸命に呼吸をくり返しながら身体から力を抜くことに努めた。

「んんっ」

小刻みに身体を揺すられ、少しずつアルベルトを受け入れていた時だ。

彼の切っ先が覚えのある場所を突く。確かめるように二度、三度と擦られるうちに身体の芯は息を吹き返したように熱くなり、萎《しお》れかけていたサーシャ自身にも熱が灯った。

「あっ、あっ……やぁっ……」

みるみるうちに身体は制御できなくなり、熱が出口を求めて駆け回る。さっきまで痛みに強張っていたのが嘘のように隘路は激しく蠕動をはじめ、アルベルトの雄を奥へ奥へと誘おうとした。

それに応えるかのように、頭上から「くっ」と低い声が降る。

「なんて熱いんだ、おまえの中は……」

熱を帯びた声で囁いたアルベルトは、たまらないとばかりにぶるりと胴震いをした。

膝を折り畳んでいた手で両側から腰を抱え直され、引き寄せられて、ずぶずぶと奥深くまで熱塊を埋めこまれる。腹の中をアルベルトでいっぱいにしたまま激しく揺すり上げられ、サーシャは悶えることしかできなくなった。

「はぁっ……、あ、……ぅんっ…、ん、んっ……」

「サーシャ」

「アル…、ベルト、さま、ぁ……」

苦しくて苦しくて息もできない。それなのに、こんなにもうれしい。

懸命に腕に縋りつくと、アルベルトはさらに深く突いてきた。自分の銀色の下生えに彼の赤褐色の叢《くさむら》が絡み、チラと見ただけでも眩暈がしそうだ。足のつけ根を合わせたまま大きく腰を回されてサーシャは声にならない叫びを上げた。

もうなにも考えられない。

はくはくと喘ぐばかりの唇に小さなキスが落ちたかと思うと、身体の下から腕を回され、頭を抱きかかえられた。そうする間にもう片方の手が花芯に伸び、再び淫らに扱いてくる。熱い楔《くさび》で奥を突かれながら愛撫されるとひとたまりもなかった。

「やっ、……ぁ、っ……ダメ、です……」

覚えのある感覚がぐうっと迫り上がってくる。抽《ちゅう》挿《そう》が大胆になるに従って手淫もいっそう激しさを増し、サーシャを高みへと押し上げていった。

「あぁ、愛してる。愛している……サーシャ」

「ぼく、も……」

今はそれしかわからない。愛していること、ただそれだけしか。

トップスピードに駆け上がっていくアルベルトに揺さぶられ、頭の中が真っ白になる。

「俺を全部受け止めてくれ」

限界を知らせるアルベルトにサーシャは精いっぱい頷いた。せめて今だけは彼のすべてをもらいたくて思いをこめて肩に縋る。音がするほど激しく腰を打ちつけられ、全身全霊で愛されながら、目も眩《くら》むほどの愉悦に身を任せた。

「あっ、アル…、さま……もう…、もう、っ……」

「あぁ。達くぞ」

ぎゅっと強く抱き締められたと思った瞬間、これまでで一番深いところを切っ先が抉る。

「あ、あ、あ、……あぁっ……」

「くっ……」

「ん――……」

すべての音が止まったと感じた瞬間、サーシャは二度目の蜜を散らした。

ほぼ同時に最奥に熱い奔流が叩きつけられる。愛欲のすべてを注ぎこまれ、内側から濡らされて、自分のすべてが彼のものになったのだと感じた。

たとえ相容《あいい》れない種族であっても、たとえ許されない存在であっても、今だけは。

今だけは、彼のものだと。

＊

一生に一度、ひとつだけ願いが叶うとすれば、それはきっとあの夜だった――。

アルベルトと身体を重ねてからというもの、それを何度も反芻しては自分の中に残った思い出に胸を焦がす日々が続いた。想いを寄せていた人に愛を告げられ、全身全霊で求められて、叫び出したいほどうれしかった気持ちは今も変わらない。

だからこそ、日を追うごとに罪悪感に苛まれた。

自分が人狼であることを隠したまま一線を越えてしまった。アルベルトはサーシャがなにものであっても構わないと言ってくれたけれど、そしてそれは彼の本心だとちゃんとわかっているけれど、それでも、相手が心底憎んでいた存在だと知った時の彼の反応を思うとどうしてもほんとうのことを打ちあける勇気は出なかった。

ありのままの自分を受け入れてほしいなんて我儘だ。もとから許されない存在なのだから。

彼を好きになればなるほど、自分の存在そのものを否定しなければならない現実に押し潰されてしまいそうになる。

それでも、人狼の父と人間の母がいなければ自分は生まれなかった。そして人狼として生きてこなければアルベルトに出会うこともなかった。だからこれはしかたのないことなんだ。出会えただけでしあわせなんだ。

――ぼくは、しあわせなんだ。

自分に言い聞かせるように心の中でそっと呟く。

こんな自分でも心から愛してくれる人がいるのだから。狼を禁忌の生きものと定めた彼の傍で一日でも長く一緒にいるためには、出自だけは絶対に秘密にしなければいけない。


後ろめたさをこらえて深呼吸をすると、気持ちを切り替え、サーシャは再び長い廊下を歩きはじめた。

これから、アルベルトと散歩の約束がある。

どんなに多忙を極めても、家令からお小言が飛んだとしてもアルベルトが頑として譲らない習慣だ。見かねたサーシャが「また明日になさっては」と勧めても彼が首を縦にふることはなかった。

「俺の楽しみを奪わないでくれ」

そんなふうに言われてしまえばそれ以上は強くも言えない。

実際、サーシャにとってもアルベルトと過ごす時間は大切なもので、彼も同じように思っていてくれることがうれしくもあった。

廊下にずらりと並んだドアの中でも一際大きく、立派な扉の前で立ち止まる。ここが王の執務室だ。扉の両脇には護衛がひとりずつ立っていて、サーシャに向かって頭を下げた。

散歩の時間になったら訪ねてきてほしいとアルベルトから言われている。毎日通ううちに顔を覚えてくれたようで、今ではすっかり護衛たちとも顔見知りになった。

「こんにちは。お務めご苦労様です」

「サーシャさんも」

微笑みを交わしながら護衛に扉を開けてもらう。そうっと中を覗きこむと、アルベルトはどうやらまだ仕事中のようだった。

いつもは散歩に間に合うようにと、それはそれは精力的に政務をこなしているとフランシスから聞いたことがある。楽しみがあるから頑張れるのだとアルベルト本人も言っていた。

けれど、今日ばかりはそうもいかなかったようだ。

騎士団長や副長のヴィンセント、それに司祭の姿も見える。なにか重要なことを話し合っているのだろう。これを途中で切り上げて、王だけが気分転換に出かけるというわけにもいくまい。

サーシャはそっと身体を引き、護衛に目で合図をして重い扉を閉めてもらった。

「よろしいのですか」

「まだかかりそうなので。終わるまで待っています」

護衛に一礼して、少し離れたところにある椅子に腰かける。

案件が立てこんでいる時は執務室の前に行列ができるそうで、順番を待つ家臣らのためにアルベルトが置かせたシルクの椅子だ。少し固めの座り心地が緊張感をもたらして、雰囲気に呑まれないようにとサーシャは大きく息を吸いこんだ。

自分との散歩に息抜きを見出《みいだ》すくらい、アルベルトは多忙な人だ。イシュテヴァルダの運命をその双肩に背負っているのだから無理もない。

――なにか、お手伝いできることがあればいいのだけど……。

居候である自分にできることはあまりに少ない。一生懸命勉強して、マナーを身につけて、一緒にいて楽しいと思ってもらうことが関の山だ。あとはテオドルの書庫整理を手伝いながら裏方として城を支えるぐらいだろうか。

そんなことを考えているうちに知らず俯いていたのか、突然視界に黒い靴先が入ってきて、サーシャははっと顔を上げた。

「テオドルさん」

「よう。どうした、こんなとこで」

両手に大量の本を抱えたテオドルが不思議そうに首を傾げる。

けれどサーシャの視線を追ってすぐに合点がいったのか、「あぁ、散歩か」と言い当ててくれた。

「おまえも順番待ちの仲間に加わるとはな。この椅子、運命の天秤《てんびん》って呼ばれてるんだぜ」

「て…、天秤？」

驚いて、思わず自分が座っている黒い椅子をまじまじと見る。

「白い椅子と黒い椅子が交互に置かれてるだろ。だから白い方に座ると上申がうまくいくとか、黒い方が運が味方するとか、俺たちの間では噂になってる。……まぁ、ただの験担ぎだが」

「どちらの方がいいんでしょうか」

「俺の場合は白だが、おまえはどっちに座っても大丈夫だろ。そんなに心配そうな顔するなって」

持っていた本を椅子の上に置くと、テオドルはそう言って力強く笑った。

なるほど、王に仕える人たちはそんなことを考えたりもするのだ。確かに謁見を待つ間というのは独特の緊張感に包まれる。判断を仰ぐ立場ならなおのこと、運に縋りたくなる気持ちもわかる。

「テオドルさんも、これからアルベルト様に……？」

「いや、俺はたまたま通りかかっただけだ。こいつを書庫に入れようと思ってな」

そう言って、椅子の上に積み上げた分厚い本を指す。取り寄せていたものが届いたのだろう。

「それなら、ぼくもお手伝いします」

「これぐらい大丈夫だって。それに、おまえには陛下のお相手って任務がある」

「でも……」

書庫の整理は与えてもらった大切な役目だ。それを蔑《ないがし》ろにするようで申し訳ない。

そんな思いでいたところ、不意に執務室の扉が開いた。


「あ…」

弾かれたように顔を向ける。

けれど、出てきたのはアルベルトを囲んでいた騎士団長らではなく、家令のフランシスだった。

「まだかかりそうだ。出直してきてもいいぞ」

どうやら、わざわざ知らせに来てくれたらしい。

「ありがとうございます。でも、入れ違いになったら申し訳ないので、もう少しここで待ちます」

「そんなら俺もつき合うか」

当然のように隣に腰を下ろすテオドルと積み上げられた本を交互に見て、フランシスは器用に片方の眉を吊《つ》り上げた。

「おまえはいいからさっさと仕事をしろ。それから重たい本をそこに置くな。シルクが傷む」

「うちの家令は厳しいなぁ。まぁ、そこがいいところでもあるんだが」

「テオドル」

「はいはい」

ジロリと睨まれたテオドルは、とりあえず本を膝の上に置くことでなんとかお目こぼししてもらう。サーシャも半分引き受けようとしたがやんわり断られてしまった。

「それにしても」

空気を変えるようにテオドルが閉まったままの扉を見遣《みや》る。

「今日はずいぶん押してるんだな。午前中の謁見と会議でだいたい終わったと思ってたが」

「司祭様が来年の準備を急ぎたいと」

「あぁ、そういうことか」

何度も頷いたテオドルは、きょとんとしたままのサーシャに「記念の年なんだ」と教えてくれた。

「来年は陛下の即位十周年だからな。盛大に祝うことになってる」

「この十年、陛下はこの国の平和と繁栄のために尽力なさった。だからこそこうして今がある。我々は忠誠と感謝の念をこめて式典を執り行うつもりだ」

テオドルに続いて、フランシスも熱っぽく語る。

アルベルトが王になる前から傍で支え続けてきたふたりだ。思い入れもひとしおだろう。

アルベルトの即位は、間接的にサーシャにとっても運命の転機だ。

本来であれば今年十周年となるべきところ、彼は喪に服した関係で即位を一年遅らせた。狼によって彼の弟が帰らぬ人となったためだ。その報復として同胞たちは殲滅されることとなった。父を失ったのもそのすぐ後だ。

なんという不幸の連鎖。

大切な人を失う悲しみを自分はよく知っている。

だからこそ、それを背負ってなお王として前を向くしかなかった彼の辛さが痛いほどよくわかるのだ。

「己を奮い立たせるようにしてこの十年、政務に当たってこられたのでしょうね。あんなふうにユリウス様を亡くされて、国の悲しみも一身に受け止めてこられたアルベルト様ですから」

彼が即位したのは二十一歳。今の自分とは五歳違いだ。五年後の自分が彼のように強く在ることができるなんてとても思えない。

そう言うと、フランシスとテオドルはなぜか顔を見合わせてからこちらを向いた。

「それは、陛下がおまえに話したのか？　ユリウス様のことを」

「はい。知っておいてほしいと……」

テオドルたちは再度顔を見合わせ、それでもまだ信じられないというように首をふる。

「驚いたな……。陛下は俺たちに対しても滅多にユリウス様のことはお話しにならない。長年ご自分を責め続けておられた陛下にとってふり返ることすら辛いはずなんだ。それを、おまえには知っていてほしいと思われたのか。おまえはとても信頼されてるんだな、サーシャ」

「アルベルト様が、ぼくを……」

「陛下はおまえに心を許しておられるのだろう。それは傍《はた》から見てもよくわかる。おまえが言えば、もっと精力的に仕事をなさるのではと思うほどだ」

「えっ」

真に受けかけたサーシャに、フランシスは「最後のは冗談だ」と肩を竦めた。

「この十年、陛下は常に国のことだけを考えて邁進《まいしん》してこられた。ご自分のことなど省みる余裕もなかったかもしれない。そんな時におまえに出会って、なにか感じるものがあったのだろう。おまえといる時の陛下はとてもおだやかな顔をしておられる。我我お仕えするものにとってもそんなご様子を間近にできるのはうれしいことだ」

「ゆるんでるとも言うけどな」

「ざっくばらんに言いすぎだ」

ふたりが眉尻を下げて笑う。

あらためてこちらをしげしげと見たテオドルは、なにか思いついたかのように「もしかしたら」と言葉を続けた。

「陛下にとっては懐かしさみたいなものもあるのかもな。サーシャ、おまえいくつになる？」

「今年で十六です」

「ユリウス様が亡くなられたのは十年前。六歳の頃のことだ」

テオドルの言葉にはっとなる。

「生きていたら、ぼくと同じ……？」

「すごい偶然だな。確かにそうだ」

驚きに目を丸くするサーシャを見て、なぜかフランシスは首を傾げた。それからしばらくして「なるほど」とひとつ頷く。

「おまえをどこかで見たことがあるような気がしていたんだが、やっとわかった。ユリウス様だ」

「え？」

「フランシス、おまえなに言ってんだ。サーシャはこれでも十六歳だぞ」

「テオドルさん、あの、これでもって……」

さりげなく酷いことを言われたような気がしたけれど、意外にもフランシスが真面目な顔をしていたのでそれ以上は言えず、代わりに促されるまま小さな部屋に連れていかれた。

「ユリウス様の肖像画だ」

「これが……」

壁にかけられた絵を三人揃って見上げる。

豪奢に額装された油絵の中心に描かれているのは、白金の髪を肩のあたりで切り揃えた、なんともかわいらしい男の子だった。頬を薔薇《ばら》色に染め、屈託なくこちらを見て笑っている。まるで今にでも笑い声が聞こえてきそうなほど生き生きと描かれている絵を前に、フランシスが小さく嘆息した。

「いつもにこにこと笑っておられて、周囲の心をあかるく照らしてくださるような方だった。陛下も歳の離れたユリウス様をそれはそれはかわいがっておいでだった」

「それまで長いことひとりっ子だったからな。弟ができて、陛下はとてもよろこんでおられた」

当時を思い出しているのか、ふたりはふっと遠い目をする。

サーシャがまだ城に来る前の話だ。これまでなら自分の知らなかったアルベルトを知ることができると胸を高鳴らせるはずなのに、どうしてもわくわくした気持ちにはなれなかった。

「不思議だな。歳なんて全然違うのに、雰囲気が似てる気がする」

「ユリウス様が生きていらしたらサーシャにそっくりだったかもしれない」

「並んだところを見てみたかったな」

「ほんとうに。惜しい方を亡くした」

自然とこぼれ落ちたふたりの言葉にはっとなる。

生きていれば自分と同じ歳だったはずのユリウス。そんな彼は自分にどこか似ているという。アルベルトは弟を守ってやれなかったことを後悔し、今も夢に見るほど引き摺っている。サーシャが城に来てからはおだやかな表情になることが増えた。

——それって……。

すべてがひとつにつながっていく。意味を理解した途端、血の気が下がるのが自分でもわかった。

——ぼくを通して弟を見ていた……？

これまでのことが走馬燈《そうまとう》のように甦る。

はじめて手をつないだ時、手のひらの大きさに驚いたこと。はじめてくちづけを交わした時、熱さに胸が疼いたこと。はじめて身体を重ねた夜、うれしくて苦しくて、そしてしあわせだったこと。

それらすべては、あの出会いからはじまった。

「……あ……」

思わず、小さな声が洩れた。

酔っ払いに腕を引かれて転んでしまったサーシャを助け起こそうと手を差し伸べてくれたアルベルトは、こちらを見てはっとしたように目を瞠ったのだったっけ。なにかに驚いたように動きを止めた彼を

その時は気にも留めなかったけれど。

——ユリウス様を、思い出していた…………？

「……っ」

いけないと思うのに考えるのが止まらない。心臓は不穏ななにかを抱えたようにドクドクと高鳴り、知らぬ間に手のひらは汗で湿っていた。

そんな、そんな。そんなまさか。

頭の中がぐるぐると回る。せめて心細さを押し潰してしまおうと両手を強く握ったものの、小刻みにふるえはじめたこぶしを見下ろし、不安はいっそう煽られた。

「どうかしたか」

サーシャの異変に気づいたらしく、テオドルが横から声をかけてくれる。顔を上げると、こちらを見下ろした彼がわずかに眉根を寄せた。

「顔色が悪いな」

「ちょっと…、気分が悪くなってしまって……」

「部屋に帰って休んだ方がよさそうだ。散歩の件は私から陛下に伝えておこう」

「すみません、フランシスさん」

せめてものお詫びに頭を下げる。ひとりで大丈夫かと心配してくれるテオドルにも一礼し、サーシャは静かに部屋を出た。

自室へ向かって歩いている時も、寝台に倒れこんでからも、浮かぶのはアルベルトの顔だけだ。自分に向けられたと思っていたあの笑顔が、ほんとうは別の誰かのためだったのかもしれないと思うだけで胸が潰れそうだった。

「ユリウス様の、代わり、なのかな……」

言葉にした途端、それは現実味を持って迫ってくる。もう一度声にする勇気はなくて、サーシャは強く唇を噛み締めたまま枕に顔を押しつけた。


受け止めるなんてできない。

けれど、受け止めなければいけない。彼の傍にいたいのなら。

「――」

ズキズキと痛む胸は、いつしか石を呑みこんだように重たく塞いだ。


それ以来、食事も喉を通らなくなった。

両親が亡くなった時だってこんなに落ちこんだことはない。生きることで精いっぱいで塞ぎこんでいる時間などなかったし、家の周囲には針葉樹の深い森があり、サーシャの悲しい気持ちをいつでもやさしく包みこんでくれた。森には動物たちがいて、湖には魚たちがいて、生きとし生けるもの同士無言のつながりと労りがそこにはあった。

けれど、今は――。

立派な城で親切な人々に囲まれて、憧れの人から愛されて、信じられないほどしあわせな毎日を送っていたはずだったのに、それが足元から崩れようとしている。狼と人間の不幸な連鎖はいまだに続いていたのだと痛いほど思い知らされた。

――ユリウス様の、代わりかもしれない。

アルベルトに真偽を確かめることはできなかった。問えば、彼は真摯《しんし》に答えてくれるだろう。けれどその答えが怖れていたとおりだとしたら立ち直れない。自分がここにいるわけも、生きている理由すら見失ってしまいそうだった。

なんのために生きているのか。

この不幸な連鎖を続けるためか。

それなら生きていることに意味なんてない。

思い詰めるほどに身体は食べものを受けつけなくなっていった。何度か無理やり胃に収めたこともあったが、少しすると戻してしまった。心が生命の維持を拒絶しているようで、もはやサーシャにはどうしようもなかった。

ふわふわの白パンが出されただけで大よろこびするサーシャが急に食べたくないと言い出したのを心配し、料理長のイリスは特別な料理を拵《こしら》えてくれた。鶏の丸焼きに目を丸くし、ニジマスのソテーに歓声を上げていたことを思い出してほしいと彼は手を変え品を変え、見たこともないようなおいしいものを作ってはテーブルに並べた。時々はサーシャを厨房《ちゅうぼう》に連れていってソーセージ作りを体験させてくれたり、一緒に豆のスープを作ったりもした。得意の話術で笑わせようとしてくれたり、樽のようなお腹を揺すってみせたりと、ユーモアたっぷりに接してくれた。

やさしい人なのだ。とてもやさしい。それがわかっているから応じられないのが心苦しい。どんなにイリスが尽力してくれても食欲が戻ることは残念ながらなく、以前のように声を立てて笑う気持ちにもなれなかった。

すっかり塞ぎこむようになったサーシャに、世話係のクラウスは「気分転換しましょう」と言ってボードゲームに誘ってくれたし、テオドルは町に遊びにいくことを勧めてくれた。フランシスなどはアルベルトとふたりで遠乗りに行けるようスケジュールを調整しようとしてくれたが、これはサーシャの方から断った。

一事が万事そんな調子で、見かねたフランシスが最後の頼みとばかりに自身の右腕と称する伝令のアレクシスを連れてきた。紫羅紗《ラシャ》の上着を纏った、颯《さっ》爽《そう》とした青年だ。

周辺国や名のある領主のもとを訪れては交渉事に当たるという大変な役目を負っているだけあって会話の流れは淀《よど》みなく、また貴族から商人まで幅広く顔が利くそうで話題もバラエティに富んでいた。

そんな彼が語る古今東西の珍しい話に、一緒にいたテオドルやクラウスは目を輝かせている。あの気難しいフランシスでさえ「ほう？」と興味をそそられている様子だ。それでも、どんなにおもしろい話をしてもらってもサーシャの気持ちが晴れることはなかった。

「弱ったな。おまえに元気がないと城の火が消えたようだ」

そう言って、心配したアルベルトから祈禱《きとう》師を派遣されたこともある。サーシャに悪いものが取り憑《つ》いているなら追い払わねばと一晩中祈りを捧げられた。翌朝、代わり映えのしないサーシャの顔色を見て、祈禱師が少なからず動揺したのを見逃すことはできなかった。

――ぼくのせいで………。

ぼんやりと天井を見上げながらサーシャは静かにこぶしを握る。この頃はベッドから起き上がる気力すら削られかけていた。

自分のこの弱い心のせいで余計な心配をかけ、手間ばかり増やしている。打てど響かぬ鈍った心をどうにか元気にしようと、アルベルトもフランシスもテオドルも、クラウスもイリスもみんなみんな手を尽くしてくれているのに。

「ごめん…、なさい……」

掠れ声が天井に吸いこまれていく。申し訳ないという思いだけで身体が飽和しそうだった。

そのせいだろうか、このところ身体は食べものを受けつけないどころか、胸が閊《つか》えて息をすることさえ辛くなりつつある。

食料が底を尽きて町へやってきた時は、空腹でぐうぐう腹は鳴れど、気力がそれをカバーしていた。目に映るもの、耳に入るものすべてが新鮮で、新しい生活がはじまるのだとわくわくしていた。栄養が足りていないと言うのなら、その頃の方が酷かっただろう。けれど今はそれ以上に心が磨り減ってしまっていた。

だから、こうなることは時間の問題だったのかもしれない。

「あっ…」

頭の上の方がムズムズすると思った次の瞬間、銀色の狼耳が飛び出した。

極限状態に陥った身体はサーシャ本人の意思を無視して獣の本能を剝き出しにする。長らく飢えが続いた以上、狩りをしてでも食料を得ようということなのだろう。完全な狼の姿にこそならなかったものの、耳に続いて今度は銀色の尻尾まで現れた。

「うそ、そんな……」

慌ててベッドに身を起こしたサーシャは己の変化に狼狽える。急いで引っこめようと狼耳を押さえつけてみたものの、それははじめからそこにそうしてあったかのようにもとに戻ることはなかった。

「ダメ。ここで出ちゃダメだよ」

サーシャは必死に己に言い聞かせながら狼耳を手で覆う。

狼は禁忌の生きものだ。同胞たちを忌避の対象と定めたアルベルトがいる城の中ではなおのこと、人目に晒すわけにはいかない。

「お願い。戻って……」

せめてここに食料があれば無理にでも飲み下して本能を鎮めることができるのに。

何度もクラウスが届けてくれた食事はいつも手をつけることなく下げてもらった。せめて果物だけでもと置いていってくれたものですら「悪くなる前にみんなで食べて」と突き返してしまっていた。

だから、この部屋にはなにもない。だから念じることしかできない。

「早く。早く。もとに戻ってお願いだから……」

両手で必死に狼耳を押さえる。そんなサーシャの祈りなどお構いなしに、意志とは無関係に銀色の尻尾がぱたぱたと揺れた。

いつもなら、少しすれば何事もなかったように収まるのに今日に限ってはそれもない。それどころかどんなに両手で押さえていても、野生の獣の耳は周囲の音を敏感に拾う。この部屋に近づいてくる足音を察し、心臓はいやがうえにも高鳴った。

――どうしよう。

このままでは見つかってしまう。

――どうしよう。

見つかったら、すべてを知られてしまう。

「……っ」

ごまかすためのすべはない。せめて寝たふりでやり過ごそうとサーシャがベッドに潜りこんだのと、ドアがノックされたのはほぼ同時だった。

「サーシャ」

その声を聞いた瞬間、息を呑む。よりにもよって訪ねてきたのはアルベルト本人だった。

ベッドの中でできるだけ小さく身体を丸め、唇を噛んで息を殺す。ようやくのことで緊急事態だと悟ったのか、尻尾は力なく足の間に丸まるばかりだ。

しばらくこうしていれば寝ているものと諦めて帰ってくれるだろうと淡い期待を抱きながら、そろそろと息を吸いこんだ時だ。

「サーシャ。話がしたい。少しでいいんだ。入っていいか」

問いかけと同時に今度はドアがノックされる。時間を置いてもう一度、今度は強く叩かれた。

――どうしよう……。

寝たふりだと気づかれただろうか。

音を立てないようにそろそろとシーツを捲《まく》り、ドアの方を見遣ったサーシャは、ゆっくりと回るドアノブの動きに今度こそ息を止めた。

応えを待たずにアルベルトが扉を開けようとしている。世話をしてくれるクラウスがせめて出入りしやすいようにと、ドアに鍵をかけないでおいたことを後悔しても後の祭りだ。

気づいた時にはベッドに起き上がっていた。

「ア、アルベルト様」

その瞬間、ドアノブの回転が止まる。

「申し訳ありません。休ませていただいていました。今は、その……お目にかかれる状態ではないのです。お許しください」

「会えない状態というのはどういうことだ。よほど具合が悪いんじゃないのか」

「い、いいえ。そんなことはありません」

「サーシャ。俺に隠しごとをするな」

「……っ」

そういう意味ではないとわかっていても、息を呑むあまり喉がヒュッと音を立てる。

扉の向こうでアルベルトもなにかを察したのか、そこに一瞬の間が空いた。

「……開けるぞ」

「アルベルト様、お待ちください」

必死の説得も虚しく、飴色のドアが内側に押し広げられる。届かないと知りながらも伸ばした手の向こう、こちらを見つめるアルベルトの双眼が驚きに見開かれていくのを目の当たりにした。

「――――」

声はなく、音もなかった。

ただその場に立ち尽くしたまま、アルベルトがじっとこちらを見下ろしている。限界まで瞠られた目はサーシャの狼耳を捉え、それから身体の後ろで項《うな》垂《だ》れている尾へと視線は流れていった。

「それは……どうした……?」

絞り出された声は掠れている。何度も何度も耳や尾を目で追いながら、それでもまだ信じられないというようにアルベルトは首をふった。

「なぜ、おまえに……そんなものが……」

「……っ」

耐えきれずに目を逸らす。身体のふるえは心にまで達し、声を出すことすらできなくなった。

――どうしよう。どうしよう。どうしよう。

頭の中が真っ白になる。よりにもよって一番知られたくなかった人に知られてしまった。彼が狼を恨んでいることを承知の上で、それでも傍にいた狡《ずる》い事実が露呈してしまった。

「……サーシャ………」

愛しい人に名を呼ばれ、狼耳がぴくりと動く。

それを見た瞬間、アルベルトはすべてを察したように顔を覆った。

「嘘だろう？　嘘だと言ってくれ」

「あ…」

「おまえは人狼だったのか。これまでずっと、人間のふりをして傍にいたのか」

「アルベルト様」

「俺を欺していたのか！」

ビリビリとした怒号が部屋に響く。はじめて見るアルベルトの表情には強い怒りと悲しみ、そして言いようのない虚しさが混じり合っていた。

「愛していたんだ。俺の心に寄り添ってくれたおまえを、王である前にひとりの男として……。俺を励まし、癒やし、愛してくれた。おまえは俺にとって唯一無二の存在だったんだ。おまえとならどんなことも乗り越えていけると信じていた」

それなのに、とアルベルトが顔を歪《ゆが》める。やりきれなさを押し殺すように彼は何度も首をふった。

「俺はなんて愚かな男だろう。裏切られているとも気づかず、熱を上げていたなんて」

「……っ」

裏切りという言葉が鋭利な刃物のように胸に刺さる。そんなつもりじゃなかったのだと言いたくとも、ただの言い訳にしかならない気がしてサーシャは黙って頭を垂れた。

「申し訳ありません。ほんとうに、申し訳ありませんでした」

アルベルトが奥歯を噛み締める音がする。

だがそれもすぐに、小さな嘆息とともにうやむやになった。

「おまえには失望した。……いや、失望したのは俺自身にか」

「アルベルト様」

「休んでいるところを邪魔したな」

それっきり、ふり返ることなくアルベルトが足早に部屋を出ていく。

サーシャは深い絶望にそのまま意識を手放した。


目が覚めると夕方だった。

二度、三度と瞬きしながら、そこが自分の部屋であることを確かめる。眠る前のことをぼんやりと反芻したサーシャは、アルベルトから向けられた言葉を思い出して息を吞んだ。

——俺を欺していたのか！

「……っ」

まるで今、この場で言われたかのようにビクッと肩が竦む。彼の表情、彼の語気、それらすべてが幾千の矢となって無防備な心に降り注いだ。

——おまえには失望した。

「アル…ベルト、様……」

しかたない。しかたがない。欺していたのはほんとうのことなのだから。

「……ぅ、っ……」

決して故意なんかじゃなかった。自分たちが互いに許されぬ存在だということに気づいてからは、どうすればいいかと悩みもした。それでも、それでも、どうしても、アルベルトのことが好きだったから。

彼に愛されてみたかったから。

「ごめん、なさい……アルベルト様、ごめんなさい……………」

両のこぶしを口に当て、嗚咽《おえつ》をこらえる。

結局、身勝手な自分のせいで彼を深く傷つけてしまった。一番大切にすべき人を苦しめてしまった。愛し合った相手がこの世で最も憎む人狼だったなんて、きっと想像もしなかったろう。こんなことになるくらいなら、もっと早いうちに彼から離れるべきだったんだ。

「…………」

取り返しのつかない現実にズキズキと胸が痛む。

眠っている間に収まっていてくれればとわずかに期待しながら頭に手をやったものの、己の罪を教えるかのように狼耳は変わらずそこに存在していた。

シーツを捲れば尻尾も同様だ。ごまかしようのない現実にサーシャはそっと唇を噛んだ。

これまでなら、少しの間じっとしていれば自然と引っこんだものなのに。今度という今度は身体が限界を迎える一歩手前なのかもしれない。

力なくため息をついたその時、部屋にノックの音が響いた。

「あ…」

一瞬、ドキッとして息を呑む。

けれどすぐに、世話係のクラウスが食事を運んでくれたのだろうと気がついた。この格好のままドアを開けるわけにもいかない。せめて感謝の気持ちだけでも伝えようと、サーシャはベッドに肘をついて身体を起こした。

「クラウスさん、ごめんなさい。……今は休みたいんです。ありがとうございます」

扉の向こうではっとする気配がする。

ドアも開けずに追い返すような真似をしてしまうことに申し訳ない思いに駆られていると、なぜか返ってきたのはクラウスの声ではなかった。

「サーシャ」

「……！」

アルベルトだ。

その声を聞いた瞬間、血の気が引いた。

「もう一度、話がしたい。入ってもいいか」

心臓をこれ以上ないほどドクドクと高鳴らせながら飴色のドアを凝視する。扉一枚隔てたところにアルベルトがいる。彼の声、彼の気配を感じただけで身体が強張るのが自分でもわかった。

「サーシャ」

もう一度名を呼ばれ、無言でふるふると首をふる。

とても受けられる要望ではなかった。

だって合わせる顔がない。なにより、こんな姿を二度も見せるわけにはいかない。彼にとって一番嫌なことを思い出させてしまう狼の姿なんて。

「頼む。……サーシャ」

声音にわずかな揺らぎが混じる。彼が今、どんな表情をしているのか手に取るようにわかった。

だからこそ。

「申し訳……、ありません」

「どうしてもか。どうしても、ここを開けてはくれないか」

「……お許しください……」

ベッドの上で身体を丸めながらひたすら祈る。

長い長い沈黙の後、耳に届いたのはそれまでとは違う重い声だった。

「ならば王として言う。おまえと大切な話がしたい」

王という言葉を聞いた瞬間、はっとなる。

――そうだ……。

彼はイシュテヴァルダを統べる王で、自分は禁忌の生きものだ。国に災いをもたらすものは直ちに城から出ていけということに違いない。……当然だ。本来なら自分の方から暇乞《いとまご》いをしなければならなかったのだと気がついて、サーシャは気の回らない己を恥じた。

祈っていた手をゆっくりと解き、ドアに向かって一礼する。

「かしこまりました。少しだけ、お時間を」

せめて見苦しくないように身支度をとベッドから降りようとしたものの、久しく自力で立っていない足には思うように力が入らず、サーシャはそのまま床に崩れた。這い蹲《つくば》るようにして冷たい大理石に手をつきながら、はじめてアルベルトに出会った時のことを思い出す。

あの時、彼に助け起こしてもらった。力強い腕でグイと身体を引き上げられて。

けれど今は自分を支えてくれる腕はない。声もない。ただ、冷たい床がそこにあるだけだ。

「……っ」

感傷に負けそうになり、唇を噛んで己を律した。寝台の脚に摑まりながら起き上がったサーシャはよろよろと着替えに手を伸ばす。

上着に袖を通そうとして、それが昔アルベルトに仕立ててもらったものだと気づいて慌てて脱いだ。この期に及んでこれを着るわけにはいかない。代わりに家を出た時に身につけていた粗末な麻の長衣を引っ張り出して頭から被ると、それで獣の尾を隠す。さらには頭にもスカーフを巻いて狼耳を覆い隠すと、ドアを開けてアルベルトに対面した。

「このような姿でお目汚しをする無礼をどうかお許

しください」

深々と頭を下げる。とても彼の顔をまともに見ることなんてできなかった。

だが扉を閉めたアルベルトはあろうことか、サーシャの目の前まで進み出るやそのまま床に跪く。突然の最敬礼に、はじめはなにが起きているかもわからなかった。

「アルベルト様……？」

「おまえに謝らせてほしい」

きっぱりと告げられ、ますます混乱する。自分が謝らなければならないことは多々あれど、彼に謝られることなんてなにもない。サーシャはそれを示すため急いでアルベルトの前に膝をついた。

「おやめください、アルベルト様」

イシュテヴァルダの王たるもの、人狼相手にそんなことをしてはいけない。

懸命に訴えるサーシャを真正面から見つめながらアルベルトは苦渋に目を眇めた。

「おまえにそんなことを言わせてしまうのはすべて俺の責任だ」

「……え？」

「俺は酷い言葉でおまえを傷つけた。どんなわけがあったのか聞く耳も持たずに、ただ一方的に断罪するような真似をした。ほんとうに、すまなかった」

痛いほど真剣な眼差しにアルベルトが本気でそう言ってくれているのがわかる。サーシャがしたことなんて許せるわけもないのに、狼によって大切な弟を亡くした遺恨を今も抱えているだろうに、それでもなお彼は王として己を省み、こうして謝罪してくれているのだ。

なんという立派な人だろう。

そんな人に、自分はなんということをしてしまったのだろう。

じわじわとこみ上げる罪の意識に押し潰されてしまいそうだ。黙って唇を噛むばかりのサーシャに、アルベルトは静かに話しはじめた。

「おまえが人狼だったと知って驚いた。正直、酷く狼狽えた。なぜ隠していたんだとひとりになって憤りもした。……だが、答えは最初からあったのだな。おまえを城に連れてきたのはこの俺だ。そして親しくなってから狼を禁忌の生きものと定めた話をした。それを聞いたおまえが打ちあけられなかったのも無理はない」

言えずに苦しかっただろう。

小さな声でそっと問われて熱いものがこみ上げた。鼻の奥がツンと痛くなり、目の奥が熱くなる。それでも一生懸命泣くまいとするサーシャを見ながら、アルベルトは痛みをこらえるように目を眇めた。

「ひとりになって頭を冷やして、これまでのことをひとつひとつ思い返した。おまえに出会った時のこと、城でお互いの話をした時のこと……。そうやってなぞっていくうちに気づいたんだ。同時にはっとした。俺はなんて浅慮な男だったのかと」

アルベルトが小さく首をふる。

「父親を不幸な事故で亡くしたと言ったな。あれは、ほんとうは事故ではなかったんだろう？」

「……っ」

いきなり核心を突かれ、驚きのあまり息を呑んだ。ヒユッという音が喉から洩れる。すぐに口を覆ったものの時すでに遅く、アルベルトは「……そうか」と強く奥歯を噛み締めた。

「おまえの父親を殺したのは俺だったんだな」

「ち、違いますっ」

思わず夢中で声を上げる。

けれどアルベルトは力なく首をふるばかりだった。

「俺が狼の殲滅を命じた。間接的にせよ、引き金を引いたのはこの俺だ」

「ですが、それはユリウス様が」

「あぁ。そのとおりだ。ユリウスの仇を取るつもりで根絶やしにしろと国中に命じた。それが将来巡り巡って、愛するものに悲しい思いをさせるなんてあの頃の俺には想像もできなかったんだ。ただユリウスを奪った狼に復讐することしか考えられなかった。……そんなことをしても、一度亡くした命は二度と戻ってこないのに」

アルベルトが力なく立ち上がる。

サーシャもそれに従って腰を上げながら無力感を嚙み締めた。

彼が抱えるどうしようもない矛盾も悲しみも、自分には痛いほどよくわかる。大切な相手を亡くした経験があるからこそ、喪失の痛みに敏感に共鳴してしまう。

「立ち入ったことを聞く。母親を亡くしたのも狼狩りが原因か」

「いいえ。母は人間でした。数年前の流行病で……」

「そうか。あぁ、だからおまえの両親は愛を選ぶために大変な決断をしたんだな」

「……え？」

一瞬、反応が遅れる。

すぐにそれが出会って間もない頃に打ちあけた昔話のひとつだったと思い出し、今度は驚きとともに胸がぎゅっと痛くなった。

「覚えていてくださったのですね」

自分しか知らない自分の両親。それを彼だけは共有してくれている。この期に及んでもなお、そんなことがうれしかった。

やさしい人なんだ。とてもやさしい。やはり自分にはもったいない。

下を向くサーシャの髪になにかあたたかいものが触れる。それがアルベルトの手だと気づいた瞬間、弾かれるように顔を上げた。

「おまえには苦しい思いをさせたな。父親殺しの張本人と一緒にいるのは辛かっただろう」

「そ…っ」

そんなことないと言いかけて、勢いこんだせいでゲホゲホと咽《む》せてしまう。すぐさま大きな手が今度は背中を撫でてくれ、落ち着くまでさすってくれた。

どれくらいそうしていただろう。

「おまえの大切な父親を奪ってしまった罪を償わせてほしい」

思いがけない申し出に、サーシャは反射的に首をふった。

「お気持ちだけで充分です。……それに、ぼくはここから出ていかなくてはなりません」

その瞬間、アルベルトの顔色がさっと変わる。

「どういうことだ。なぜ出ていくなどと」

「ぼくが、この国にとってよくない生きものだからです」

王の命令によって、狼は発見次第殺されることになっている。その危険を冒してまで森を出たのは自分の責任だ。ここで殺されても文句は言えない。

そんな自分が、人狼であることを知られてもなお城に留まり続けるなんてあり得ない。それを許せばアルベルトは王として示しがつかず、城内を徒《いたずら》に混乱させることになる。町人らも異を唱えるだろう。

なにより、狼はアルベルトの弟を奪った存在だ。人狼の自分が傍にいては彼を苦しませることになる。

なにも知らなかった頃には戻れない。愛し合うことも、触れ合うことも、顔を見ることすら耐えられないと言われてもおかしくない。理屈ではないのだ。長年積み重ねてきたものを人はそう簡単に覆すことはできない。これ以上彼を苦しめたくない。これ以上彼を失望させたくない。だから。

「行くな」

懸命な訴えを、だがアルベルトは頑として受け入れなかった。

「行くな、サーシャ。ここにいてくれ」

「でも」

「おまえだけはどうしても失いたくない。お願いだ、サーシャ。ここにいてくれ」

両手を取られ、強く強く握り締められる。真剣な表情はいっそ怖いくらいだった。

――一度亡くした命は二度と戻ってこないのに。

不意にアルベルトの言葉が甦る。

その瞬間、すべてがすとんと胸に落ちた。自分が役に立てることがひとつだけある。

生きていれば自分と同じ歳だったユリウス。自分と雰囲気が似ていたユリウス。

ならば、彼になりきればいい。六歳で止まった時が再び動き出すことはなくとも、懐かしさに気持ちを和ませることぐらいならできるかもしれない。

「それなら、アルベルト様のお役に立つために弟としてお傍にいさせてください」

「……どういう意味だ」

あまりに唐突な申し出だったのだろう。アルベルトが怪訝《けげん》そうな顔をする。サーシャが考えを説明すると彼はいっそう眉間に皺を寄せた。

「おまえをユリウスの代わりだと思ったことは一度もない」

「生きていらっしゃったらぼくと同じ歳だったとお

聞きしました。雰囲気もよく似ていると」

「だがおまえはおまえだ。誰かの代わりなどする必要はない」

「でもぼくは人狼です」

強い口調とともに頭のスカーフを取る。銀色の狼耳を間近にした瞬間、アルベルトがはっと息を呑むのがわかった。

そういうことなのだ。彼の反応を責めるわけにはいかない。自分が狼の血を引く人間という事実はこれからも変わることなく、それを目にするたびに彼の心を強張らせる。そんな現実を目の当たりにして、サーシャはついに心を決めた。

不思議だった。これから大きな決断をしようというのに心は風のない日の湖面のように凪《な》いでいる。そのすべてを瞼の裏に焼きつけるつもりで愛しい相手をじっと見上げた。

——アルベルト様。

心の中で呼びかける。

——好きになってごめんなさい。

もうそれしか出てこない。

——たくさん愛してくださってありがとうございました。ぼくはとてもしあわせでした。

叫び出したい気持ちをこらえて心に重い蓋をする。ゆっくりと深呼吸をすると、サーシャはあらためてアルベルトに向かって頭を下げた。

「これからは、アルベルト様の弟としてお傍にいさせてください。それなら城内の皆さんもわかってくださると思います」

「おまえ、本気なのか」

「はい」

「サーシャ……」

アルベルトはなおもなにか言いたそうにしていた

が、サーシャの狼耳を見るたび言いようのない感情がこみ上げるのか、苦渋の表情を浮かべるばかりだ。彼にとっては憎悪の象徴だ。無理もない。だから見せたといってもよかった。

これ以上苦しめたくない。

これ以上悲しませたくない。

だからこれからは弟として傍にいる。二度と触れ合うことはなくとも、二度と愛し合うこともなくとも、傍にいられるならそれでいい。人狼の自分が彼の隣を許されるのなら。

サーシャは静かに目を閉じる。

自分にとって最初で最後の恋が終わった。

＊

恋心に封をしたことで、まるで萎れてしまったかのようにサーシャの心は無になった。

真ん中にぽっかり穴が開き、そこから風がびゅうびゅう吹き抜けていく。なにを見ても、なにを聞いても、もはや心が動かされることはなかった。

自分の一部が削ぎ落とされてしまったように感じるのに、かえって身体が元気を取り戻していくのは皮肉なものだ。

あれだけ苦しかった呼吸は自然にできるようになったし、あんなに食欲がなかったのが嘘のように食事も喉を通るようになった。以前は少し歩いただけでフラフラになったけれど、今は歩き回ってもまったく平気だ。狼耳や尻尾もすっかり消えた。

なにかを得れば、なにかを失う。心を失った代わりに健康が戻った。

——それなら、ぼくはなにを得たんだろう。

アルベルトの愛を失ってまで。

自問自答しそうになり、慌てて頭をふってその考えを追い出した。詮ないことだとわかっているし、もともと愛されたことすら奇跡だった。いや、今となっては間違いだったと言わなくてはならないかもしれない。

それでも、たった一度のことだったとしても、愛する人と結ばれたことを生涯の思い出にしようと決めていた。自分は確かにしあわせだった。それでもう充分だった。

城での暮らしは相変わらずおだやかだ。

資料整理を手伝う傍らテオドルに国史を習ったり、フランシスからはマナーを教わる。アルフォンスに騎士団の演習を見せてもらうこともあったし、クラウスと一緒に町に行くこともあった。日課だったアルベルトとの散歩がなくなったことを除いてはこれまでとなにも変わらない。ただそこに、身を焦がすような愛だけがなかった。

愛していると囁かれることもなければ、愛していますと応えることもない。抱き締められることも、熱いくちづけを交わすこともない。心を通わせることは二度とないのだ。それをすべて承知の上で、ユリウスの代わりとして傍にいることを選んだ。

全部わかっていたことだ。

覚悟していたことだったのに。

遠くから見つめるしかできない日々はなんて胸が苦しいのだろう。顔を合わせれば挨拶するし、一緒のテーブルで食事を摂ることさえあるのに、束の間彼を独り占めすることもできない。

「……いけない。贅沢だ」

よくない考えに囚われそうになり、サーシャは強く唇を噛んだ。

人狼である自分が王の近くにいることを許されただけでも感謝しなければならない。彼との接点を残してもらえただけでありがたいと思わなければ。

この城を出たらそれこそ、姿を見ることすらできなくなってしまうのだから。


「まったく。近頃の陛下はどうなさったというのだ」

部屋に入ってくるなり、フランシスが憤懣《ふんまん》やるかたなきといった体《てい》で吐き出す。

食事のマナーはそろそろ身についたようだからと、今日からは社交に必要なダンスレッスンをしてもらうことになっていた。

相手役のテオドルともども驚いてフランシスを見上げる。氷の美貌の持ち主は今日はまた一段と機嫌が悪いらしい。

「どうしたんだよ、急に」

水を向けたテオドルにさえ、フランシスは「どうしたもこうしたもあるか」と噛みついた。

「なにを言っても右から左だ。城の中はサーシャの話で持ちきりだというのに」

フランシスの言葉にビクリとなる。

サーシャが人狼であることは早々に知れ渡った。人狼姿を目にした直後のアルベルト本人が頭に血が上った状態で側近や騎士団長、司祭らに話をしたからだ。その中にはフランシスやテオドルだけでなく、たまたまその場に居合わせた靴職人や助祭、兵士たちも含まれていた。

こんな衝撃的なニュースがその場に留まるわけなどない。口から口へと瞬く間に話は広がり、数日のうちには城内の誰もが知るところとなった。

サーシャが人狼だと知って遠巻きにするものもいれば、どうやって狼の姿になるのかと興味本位で訊ねてくるものもいた。縁起が悪いと距離を置くようになったものもいるし、そんなサーシャを城に住まわせることに異を唱えるものもいた。

無理もない。ここにいるフランシスやテオドルも知った当時は驚いたそうだ。

アルベルトとの関係を一新することになった際、サーシャの方からあらためてふたりに話をした。世話係のクラウスや料理長のイリス、それに騎士団のアルフォンスやヴィンセントにもだ。よくしてくれた人たちには思いきって自分の口から打ちあけた。幸いなことに彼らはサーシャを気味悪がったりせず、ありのままを受け入れてくれた。

だが、それはごく一部の人間だけだ。

多くは腫れものに触るようにサーシャと対したし、拒絶反応を示すものたちからは「狼を憎んでいる王が人狼を傍に置くなんて」と抗議の声が上がっているのだそうだ。

「ぴしゃりと言ってくだされぱいいのに、陛下ときたら……」

終始無言を貫いているせいでおかしな憶測まで飛び交う始末で、中には狼駆除と称してサーシャを城外へ追放するか、あるいは牢に入れるべきだと訴えるものまでいるらしい。さらに面倒なことに、以前行われた狼狩りでは狼を捕まえたものに多額の賞金が出たらしく、今回もまた褒美がもらえるのではとサーシャを狙うものまで現れはじめたという。

「そう…、だったのですか……」

ちっとも気づかなかった。アルベルトのことを思うだけで頭がいっぱいで、とても自分のことまで考える余裕はなかった。そんな危機感のなさがすべての不幸の原因かもしれない。

項垂れるサーシャを、テオドルが「そうしょげるなって」と慰めてくれた。

「そんなことを言うのは金で雇われた傭兵《ようへい》たちだ。だから陛下も戯《ざ》れ言《ごと》だと聞き捨てていらっしゃるんだろ」

「だからといって、このまま放置しても混乱するばかりだ」

フランシスもため息をつく。

「だからこそ、どんな理由で人狼を傍に置くのか、陛下にはお考えを示していただきたいのだ。我々のようにサーシャをよく知るものなら、それが人間だろうと人狼だろうとその人柄ゆえと察することもできよう。だが、他の人間ではそうもいくまい。……陛下にとって、今は即位十周年を控えた大切な時だ。余計な誤解を生みたくないのだ」

「確かにな」

テオドルも嘆息とともに頷いた。どうにもならないといった顔だ。ふたりが話すのを聞きながら、皆が求める言葉はどんなに待ってもアルベルトの口からは出てこないだろうとサーシャは思った。

不幸な連鎖のはじまりとなった、ユリウスの死。くり返される悲しみをこの手で断ち切るため、そしてせめてもの償いのために、弟として傍にいさせてほしいと頼んだ。たとえ身代わりだったとしてもアルベルトの傍を離れたくなかった。これらはすべてサーシャの我儘に他ならない。アルベルトが公言するわけがないのだ。ましてや弟の代わりにしているだなんて口が裂けても彼が言うはずがなかった。

つまりこのままでは、アルベルトはずっと口を噤《つぐ》むことになる。

――――それじゃダメだ。

こうなってはじめて、やっと気づいた。

自分の存在がいらぬ誤解の種になる。余計な混乱を招いてしまう。アルベルトにとって今は節目を控えた大事な時だ。少しでも早く城内の秩序をもとに戻し、再び王としての求心力を発揮してもらわなくては。

そのためにも、自分はできるだけ人目に触れない方がいい。人狼とわかってもなお彼と親しくしているところを見られたら、またそこからおかしな話がはじまるかもしれない。考えてみれば社交ダンスだなんてとんでもない話だった。

サーシャは意を決してフランシスを見上げる。

「せっかくお時間を作ってくださったのに申し訳ありません。ダンスのレッスンは辞退させてください。やっぱり、ぼくには必要ないと思います」

「どうしたんだ、急に」

フランシスが驚いたように目を瞠る。

「人狼が人目につくようなことをするのはよくないと思いますから。ぼくのためにおふたりの貴重な時間を割いていただくのももったいないです」

そう言うと、ふたりは焦った様子で両側から距離を詰めてきた。

「私が誤解を生みたくないと言ったせいだな。おまえを責めるつもりではなかったのだ。そう聞こえたならすまなかった」

「俺も悪かった。おまえの方がよっぽど不安だったのにな。煽るようなことを言った」

「いいえ。おふたりのおっしゃることはごもっともだと思います。それに、大切な気づきも与えてくださいました。ぼくにとってはそれがなによりのレッスンでした」

心からそう思う。

感謝の気持ちを伝えると、ふたりはますます複雑そうな顔になった。だからサーシャはあらためて、ふたりに言われた言葉で責められたような気持ちになったわけではないこと、これは自分のけじめであることを伝える。

「フランシスさん、テオドルさん。どうもありがとうございました」

深々と一礼して部屋を出ると、極力人目につかずに済むよう、あまり使われていない方の廊下へと足を向けた。

これまで何度か拡張をくり返してきた城にはところどころ使われなくなった廊下や階段がひっそりと残っている。ここに来てすぐの頃は秘密の通路を見つけるたびに嬉々《きき》として探検したものだった。

そんな経験が思わぬところで役に立つ。抜け道を使うと自室までだいぶ遠回りにはなるものの、誰とも顔を合わせずに済むかもしれない。

そんなことを思いながら煉瓦壁を一撫でした時だ。向こうから見覚えのある人物が歩いてくるのが目に入った。横には司祭の姿もある。それがアルベルトだと理解した瞬間、驚きのあまり足が止まった。

「……！」

まさか、よりにもよってこんなところで鉢合わせするなんて。

引き返すのも間に合わず、かといってなに食わぬ顔ですれ違う勇気もなくて、とっさに廊下の窪《くぼ》みに身を隠した。大人がふたりも並べばいっぱいになるような小さな隙間だ。構造的に目につきにくいから、きっと気づかず通り過ぎてくれるだろう。

徐々に近づいてくる足音に祈るような思いで頭を垂れる。

けれど願い虚しく、靴音はすぐそこで止まった。

「…………サーシャか？」

思わずビクッと肩がふるえる。

「どうしたんだ。こんなところで」

アルベルトは連れ立っていた司祭と別れ、こちらに近づいてくる。それを見たサーシャは、こんなところを誰かに見られでもしたらと焦って左右を見回した。

「探検か？　今日はフランシスがダンスのレッスンをすると言っていたが」

「あの…、それは……」

自ら辞退してしまった。自分には必要のないものだからと。

わけを話せばアルベルトはわかってくれるかもしれない。けれど自分は今、ユリウスの代わりとしてここにいる。余計な足枷《あしかせ》になりたくないという言葉が彼にどう受け止められるか不安でならない。


うまい言葉が見つからずに俯くサーシャを見て、アルベルトは小さく嘆息した。

「ダンスはあまり好きではなかったか」

「い、いいえ」

「慣れないうちは難しく感じるかもしれないが、覚えてみると案外楽しい。フランシスのレッスンはスパルタだがな。おまえが踊っているところを見てみたいものだ」

「アルベルト様……」

もしも、アルベルトと踊ることができたらどんなにいいだろう。彼と手に手を取って、楽しい夜を踊り明かすことができたら。

勝手な想像をしてしまいそうになり、サーシャは背を正した。

「いつか、アルベルト様にご披露できるように頑張ります」

レッスンを取りやめた自分にいつかなんて絶対に来ない。それがわかっているくせにとっさに嘘をついてしまった。彼には本音だけで向き合いたいと思っていたのに。

罪悪感に胸が痛む。

けれどそれを聞いたアルベルトも眉間に深い皺を刻んだ。

「おまえはどんな相手と踊るのだろうな。逞しい若者だろうか。美しい娘だろうか。きっと似合いに違いない。そして俺は、それを玉座から眺めることしかできない」

「……え？」

もうなにもなくなったはずの心の奥がざわっとなる。彼の眼差し、彼の声音に、熱の名残を探そうとしてしまう。

――いけない。

そんな自分に気がついてサーシャはわざと微笑んでみせた。

「本物のユリウス様には敵《かな》いませんが、せめてお姿を重ねていただけるように努力します」

「サーシャ」

「そしていつか、アルベルト様のダンスも見せてください」

目を閉じれば、たちまち瞼の裏に勇姿が浮かんだ。男らしく上背のある彼は赤褐色の髪を翻し、長い足を巧みに捌《さば》いてダイナミックに踊るのだろう。雄雄しく、そして凜々《りり》しく、フロア中の視線を独り占めしてしまうに違いない。

その時アルベルトはどんなふうに相手の手を取るのだろう。どんなふうに頬を寄せるのだろう。

「…………」

胸の奥がズキッと痛む。

そろそろと顔を上げると、アルベルトもまたサーシャと同じ表情をしていた。

「……虚しいものだな」

「アルベルト様」

「誰と踊ってもおまえではない。それになんの意味があろう」

アルベルトがやりきれなさに顔を歪める。こんなにも雄弁に彼の想いを語られて、けれどそれでも越えられない壁を目の当たりにして、事態は思っていた以上に深刻だったのだとようやく気づいた。

彼はまだ気持ちを残してくれている。

その上で、憎むべき相手を愛してしまったことに苦しんでいる。

自分自身を許すことも、禁忌の獣を受け入れることも、アルベルトにとっては大変な決断だろう。ましてや彼は国王だ。これまで彼自身を形作ってきた信念そのものを揺るがす大きな話だ。愛だけで越えられるものではなかった。

自分が目の前にいる限り、アルベルトはきっと苦しみ続ける。サーシャを取っても、国を取っても、両者を天秤にかけた事実を死ぬまで後悔するに違いない。彼にそんな思いはさせたくなかった。

だから。

——ここにいてはいけない。

自分はここにいてはいけない。これ以上アルベルトを苦しめてはいけない。どんなに情を残そうともここから出ていくべきなんだ。

アルベルトが重いため息とともに踵を返す。

立ち去っていく後ろ姿を、サーシャは目に焼きつける思いで見つめ続けた。

アルベルト様のもとを離れなければ――。

一度は決意したものの、実行に移す勇気が足りないまま数日が過ぎた。

我ながら往生際の悪さに呆れる。思いきって城門まで行ってみたこともあったが、ここから一歩外に出たら二度と戻ってこられないのだと思うと、どうしても踏ん切りがつかなかったのだ。

そんなサーシャの迷いとは裏腹に、この頃は遠巻きにしてくるものもだいぶ減った。

少し前までは、もの珍しさも手伝ってジロジロと無遠慮に見られることもあったものの、国王自ら「サーシャに危害を加えるものは厳罰に処する」と命じたためか今は腫れものに触るように扱われている。できるだけ人目に触れないようにしようとするサーシャと、そんなことなどお構いなしのアルベルトの思惑はかけ違ったボタンのようにいつまで経っても噛み合うことはなかった。

守ろうとしてくれて涙が出るほどうれしい。

でも、そのせいで彼に不満の矛先が向くのが嫌だ。

自分ではどうしようもない思いを抱えながら悶々としていたある時のこと。イシュテヴァルダに吟遊《ぎんゆう》詩人がやってくるという噂が飛びこんできた。

「……吟遊詩人？」

聞き慣れない単語にサーシャは小首を傾げる。

部屋でお茶を入れてくれていたクラウスは手を止め、ついでに顔を上げてこちらを向いた。

「いろんな国を放浪しながら詩や歌を披露して回る人のことですよ。珍しい話を聞かせたり、楽器を弾いたりして、それでお金をもらうんですって」

「そうなんですね。クラウスさんはご覧になったことがありますか？」

クラウスは「まさか！」と笑いながら首をふる。

「領主様にでもならない限り無理ですよ。……あ、そういえば、伝令のアレクシスさんが遠い西の国に行った時に歓待を受けて、そこの城で歌を聴いたって言ってました。すごく感銘を受けたって」

恋の歌にかけては右に出るものなしとのアレクシスの触れこみに、侍女たちは皆浮き立っているらしい。街でもかなりの噂になっているのだそうだ。これまで吟遊詩人というものを見たことがない自分には想像するしかなかったが、クラウスの口調から察するに、きっと素晴らしいものに違いない。

「どんな歌を歌うんでしょうね」
「サーシャさん、興味あります？」
「はい、少し。でも、どんなものかよくわからないですが……」

それで興味があるなんておかしいだろうかと眉尻を下げながら苦笑する。

けれどクラウスは笑ったりせず、「おれもです」と同意を示してくれた。

その後はお茶を飲みながらクラウスとなにげない話をしたり、テオドルの書庫整理を手伝ったりと日課をこなすうちに、そんな話をしたことすら記憶の中に埋もれていく。

それを唐突に思い出させられたのは、それから二日後のことだった。

「今夜、吟遊詩人を城に招くことになった」

フランシスに呼ばれて彼の私室に赴くなり、開口一番にそう言われる。あまりに思いがけない言葉だったせいで返事をするのも遅れてしまった。

「あの…、どうして急に……？」
「陛下のご命令だ」
「アルベルト様の？」

ますますよくわからない。

首を傾げていると、フランシスは「クラウスから聞いた」と種明かしをした。

「いや、正確にはテオドルと言うべきか。おまえが興味を持っていると聞いて、それを陛下にお伝えしたところ、ぜひ歌をと所望されたのだ。……これは私が口を挟んでいいことなのかわからないが、陛下はおまえのことをとても案じておられる。ここから出ていこうと思っているのだろう？　それを引き留めたい一心で陛下は日々苦心されている」

「どうして、それ………」

思わず声が洩れる。自分が出ていこうとしているだなんて、どうしてわかったのだろう。アルベルトから聞いたのだろうかと思って訊ねると、驚いたことに返ってきた答えは「勘だ」の一言だった。

「見ていればわかる。役職柄、長いこと観察ばかりしているからな」

確かに、フランシスはアルベルトとは子供の頃からのつき合いだ。黙っていても以心伝心、通じるものがあるのだろう。それならどうして自分のことまでと言いかけて、城門に立つ門番から聞いたのだろうと合点がいった。

「迷子のような顔で門の前を行ったり来たりしていたと聞いた。ひとりで出かけたことなどないだろうに。そんなことをしたらほんとうに迷子になるぞ。あの宿屋の主人のような男にまた引っかかってもいいのか」

「すみません……」

門を出た後のことなんてこれっぽっちも考えていなかった。ただここから出ていかなくてはと、そればかりを思っていたのだ。

そんなサーシャを、フランシスは珍しく「そう落ちこむな」と励ましてくれた。

「そのおかげで今がある。陛下が吟遊詩人をここにとおっしゃった時、私はよかったと思ったのだ。おまえがよろこぶだけでなく、陛下のよい気晴らしにもなる」

サーシャとギクシャクしてからというもの、アルベルトは現実から目を逸らすように政務に没頭しているのだそうだ。目の前の仕事を片づけた後も毎晩遅くまで司祭と話し合いをしたり、過去の判例を読み漁ったりと、なにかに追い立てられているような有様らしい。時々、夜明けまで教会で祈りを捧げていることもあると聞いて、アルベルトが倒れるのも時間の問題のように思われた。

「休んではいただけないのですか」

「ご自分を駆り立てていないと不安なのだろう。お気持ちはわからなくはないが……。だからこそその息抜きなのだ。そのいいきっかけになった」

フランシスが安心したようににこりと笑う。

「それもあって、今夜の宴《うたげ》にはおまえにも出席してほしい」

だが、その言葉を聞いた瞬間、サーシャははっと我に返った。

「ごめんなさい、フランシスさん。お気持ちは大変ありがたいですが、ぼくなんかが出ては……」

「陛下のお気持ちを汲んで差し上げてくれ。おまえと一緒に、おまえの興味のあるものに触れたいと思っておられるのだ」

「アルベルト様が……」

こんなふうになってもなお、自分のことを気にかけてくれるなんて。うれしさと心苦しさに苛まれながらもサーシャの心はグラリと揺れた。

「……わかりました」

急いでクラウスに手伝ってもらって身支度を調え、

案内されるままホールへ赴く。

部屋の中央には見たこともないような長いテーブルが置かれていて、卓上は花で美しく飾り立てられていた。

ずらりと居並ぶ人々の中から目が無意識にアルベルトを探す。上等な黒い上着を纏った彼はいつも以上に泰然として、だがどこか憂いを帯びているように見えた。

すぐ近くには彼の両親である前国王夫妻の姿もある。アルベルトに紹介され、一度だけ挨拶をさせてもらったことがあったが、その時と同様、ふたりの間に流れる空気はどこかぎこちないものがあった。表向きはそつなく見えても仲睦《むつ》まじい夫婦にはどうしても映らない。だが、それもしかたのないことに思えた。政略結婚とはそういうものだ。

アルベルトも、やがては同じ道を辿るのだろうか。結婚なんてなんの思い入れもない、むしろ自分には必要ないものと言いながら、いずれ遠からぬうちに美しい花嫁を迎えるのだろうか。

「……っ」

鋭い胸の痛みを押し殺しながら皆に挨拶を述べ、末席につく。

晩餐がはじまって間もなくするとひとりの男がやってきて、右手を胸に深々と頭を下げた。

「ご機嫌麗しゅう。帝都イシュテヴァルダの勇敢にして慈愛あふれる国王陛下、並びに前国王陛下、皇后様。このような機会をいただき身に余るしあわせ、大変光栄に存じます」

あれが吟遊詩人だろう。ロークと名乗った男は、ワインと同じ色の見たことのない服を着ている。髪も目も漆黒で、その上肌も浅黒く、異国情緒あふれる外見に思わずじっと見入ってしまった。

「そなたは大変な歌の名人と聞いた。今宵《こよい》は楽しませてくれ」

「かしこまりました。それではさっそく……」

アルベルトに再度一礼すると、ロークは弦楽器をつま弾きながらおもむろに歌いはじめる。その豊かな声量もさることながら、声変わり前の少年のような透き通った美しい歌声にサーシャはびっくりして目を丸くした。

——あんな声を出せるなんて……！

驚いているのはサーシャだけでなく、居並ぶ面々も同様のようだ。皆一様に息を呑むのが気配でわかる。周囲が目で会話をしながら見守る中、ロークは国王に敬意を表しイシュテヴァルダの自然を讃えた自作の歌を朗々と歌い上げた。

二曲目にはこの地方に伝わる古い民謡を、三曲目には彼の真骨頂とも言うべき恋の歌を披露する。それまでうっとりと聴き入っていたサーシャは、そこではっと我に返った。

散った花は二度とは咲かぬ。それが恋の運命《さだめ》なりせば——。

ロークの歌詞の一節だ。図らずもそれに自分を重ねてしまい、途端に胸が苦しくなった。

一度は手にした恋のよろこび。あの頃は毎日がしあわせだった。

だが恋の花はあっけなく散り、それきり二度と咲くことはない。

——アルベルト様……。

心の中でその名を呼んだだけで胸が絞られるようにぎゅうっと痛む。縋るように見つめたその先、アルベルトもまた眉根を引き絞り、甘い恋の歌に似つかわしくないほど苦しげな表情を浮かべていた。

——アルベルト様………。

どうして、自分たちは出会ってしまったんだろう。どうして、自分たちは国王と人狼だったんだろう。

お互いを縛る種族や身分を、お互いが背負う過去や遺恨をすべて放り出してしまえたら、なんの遠慮も不安もなく手を取り合うことができるのに。

そんな詮ないことを考えてしまうくらい彼の表情に胸を掻《か》き毟《むし》られる。

サーシャの視線に気づいたアルベルトがこちらを見、こみ上げるものをこらえるように目を細めた。無理に笑おうとしたらしいがうまくはいかず、ひと思いに視線を逸らしてしまう。一文字に結ばれた口元が、固く強張った頬が、彼の心情を表していた。

ふたりだけが思い出に取り残されたまま、恋の歌は続いていく。

限界が近づいていていた。

それから十日後。ドグラスと名乗る男が城を訪ねてきた。

片方の眼に刀傷があり、顔の半分を髭で覆った怪しい男だ。

周辺諸国を旅しながら絵を描いているという彼は、吟遊詩人のロークから人狼の話を聞いたそうで、今こそ自分が役に立てる時だとやってきたのだという。

門番から話を聞いたフランシスは家令の独断で門前払いを命じたが、ドグラスは図々しくも城内に立ち入り、アルベルトと会わせなければ行く先々の国でイシュテヴァルダの汚点を吹聴すると脅して執拗に王の謁見を求めた。

「なんと言おうと、おまえのようなものの謁見は許さぬ。直ちに立ち去れ」

ぴしゃりとはね除《の》けるフランシスに、ドグラスは大袈裟に肩を竦める。誠意の欠片《かけら》も感じられない小馬鹿《ばか》にしたような態度に、偶然その場に居合わせたサーシャももやもやとしたものを感じた。

だが、当のドグラスだけはどこ吹く風だ。

「よろしいのですかねぇ。そのようなことをおっしゃって」

「どういう意味だ」

「来年、イシュテヴァルダ王は大切な節目を迎えられるそうではありませんか。そんな時にご芳名に傷でもついたら……おお、怖い」

「貴様……！」

フランシスがギリと睨《ね》めつける。その後ろでは、テオドルがいつでも斬りかかれるように腰の長剣に手を伸ばした。さすがに城内で刃傷《にんじょう》沙汰は拙いと判断したのか、フランシスがそれを目で窘める。代わりに、氷のように冷たい表情で再度ドグラスに向き合った。

「端的に問う。目的を言え」

「ですから、陛下のお役に立ちたいのですよ」

「おまえのようなものが軽々しく陛下などと呼ぶな。イシュテヴァルダ王と呼べ」

ドグラスが再び肩を竦める。

「なるほど、なかなか頭の固い家令殿のようだ。どこの馬の骨ともわからぬ私など、追い出すことも捕らえて処刑することもいともたやすいと思っておられる。私がまったくの考えなしでやってくるとでもお思いですかね？」

「……どういう意味だ」

「ここに来ることもその目的も、旅の仲間に話してありますすよ。三日経っても私が戻らなかったら、その時はイシュテヴァルダ王に殺されたものとして広く知らせてくれとね」

もちろん、話には尾鰭《おひれ》をつけて。

ニヤリと笑いながらつけ加えられた言葉にぞっとした。フランシスも怒りに腹の底を冷やしているのが背中を見ているだけでもわかる。それはテオドルも同じだろう。言葉を呑む家令に替わり、テオドルが男の前に進み出た。

「陛下は情け深い御方だ。おまえのようなものにも慈悲をかけてくださる。ついてこい」

「テオドル！」

フランシスが慌てて止める。

けれどテオドルは肩越しにふり返り、小さく首をふった。

「おまえが通したとなっては示しがつかない。これは俺がやることだ」

「バカか。許されるとでも思っているのか」

「そうでもしないと収まらないだろう。いっそ断罪してもらう」

男を裁判にかけ、正しく裁いてもらうという。はじめは思い迷っていたフランシスも、それならと渋渋頷いた。

成り行きが気にかかり、サーシャも後からついていく。

謁見室に入ると、ちょうど仕事が一段落したらしいアルベルトが書類から顔を上げたところだった。

やってきたテオドルたち一行に目を向けた彼は、そこにサーシャも混じっていることに怪訝な顔をする。無理もない。居候の自分が政務に首を突っこんだことはなかったから。それでもアルベルトのことが気になって、サーシャはできるだけ気配を消して部屋の隅で小さくなった。

「これはこれはイシュテヴァルダ王。お目にかかれて光栄でございます」

真正面に進み出たドグラスが慇懃無礼《いんぎんぶれい》に一礼する。

それに胡乱《うろん》な視線を向けたアルベルトは、テオドルに向かって「誰だ」と目で促した。

「ドグラスと申す男です。陛下のお役に立ちたいとしつこく嘆願しますので、連れて参りました」

「いかにも。私がこの国を救ってご覧に入れます」

ドグラスは得意げに胸を張り、アルベルトの前にも拘《かか》わらず無遠慮に話しはじめる。

「私自身は周辺諸国を放浪しながら日銭を稼ぐ、しがない絵描きでございます。普段はこのように凡庸として見えましょうが、一度絵筆を持ちますと、そこで暮らしている人々の姿形のみならず、心の中までありありと見て取ることができるのです。人というのは国を支える大切な基盤のようなもの。人々が心おだやかであればあるほど国力は安定し、国は繁栄するものです。ここイシュテヴァルダのように」

立て板に水を流すがごとくドグラスはするすると話し続けた。まるで舞台の口上のようだ。自分にはとてもできない。

呆気《あっけ》に取られて見守る前で、やがてドグラスは話の核心に触れた。

「……さて。そんな御国では、狼は禁忌の存在であると耳にいたしました。なんでも昔、それで王族の方がお亡くなりになったとか……。にも拘わらず城に人狼など囲っていては人々の心にもいらぬ波風が立ちましょう。この素晴らしい国にいつまた災いが降りかかるとも知れません」

「……！」

謁見室にいた人々の注意がいっせいに自分に向けられたのがわかる。

身を竦めるサーシャをよそに、ドグラスはなおも言葉を継いだ。

「幸いにも私は放浪の身。この私に人狼をお預けになってはいかがでしょう。これで災いも遠ざけられ、国の行く末も安泰かと」

思いがけない提案に息を呑む。まさかそんな話になるなんて予想もしていなかった。とっさにアルベルトを見たサーシャは、だが「ふざけるな！」という逆鱗《げきりん》にビクッと全身をふるわせた。

「サーシャを災いだと言うのか！」

アルベルトは玉座から立ち上がり、怒りも露《あら》わにドグラスを睨めつける。その迫力たるやこれまで見たこともないほどだ。これにはさすがのドグラスも肝が冷えたらしく、「いえ…」とか「そのっ…」となにか言おうとしていたものの、うまく言葉になることはなかった。

「二度と言うな。二度目はない」

決然と言い渡したアルベルトは、不届きな訪問者に直《ただ》ちに出ていくよう命じる。

その姿が見えなくなってもまだ怒りは収まらないようで、今度は怒りの矛先がフランシスに向いた。

「なぜあんな男を取り次いだ。おまえの眼は節穴か」

「大変申し訳ございません」

フランシスが深々と頭を下げる。

すると今度は、それを庇ってテオドルが名乗りを上げた。

「違います。俺が謁見を許したんです。罰するならこの俺を」

アルベルトが顔を顰める。

「誰があの男にサーシャのことを教えた。この間の吟遊詩人か。今すぐ探して連れてこい」

「お言葉ながら陛下、詩人はすでに何日も前に城を発《た》っております。今頃は国境を越えているかと」

イシュテヴァルダの国土は広い。そしていくつもの国と接している。そのすべてに人を放ってたったひとりの男を探し出すなど不可能だ。アルベルトは忌々しげに舌打ちした。

　代わりに、詩人と関わりのあったアレクシスが呼び出され、皆の前で厳重注意を受ける。これにはサーシャも驚いてしまった。

　いくらなんでもやりすぎだ。

　アレクシスは詩人と面識があっただけで、人柄を知るような仲ではなかっただろうし、サーシャが人狼であることは城内の誰もが知るところだ。そのうちの誰かがそれを詩人に伝えたとしても不思議はないし、止められるものでもない。ドグラスを目通りさせたことについても、もとのやり取りを見ていた側からすればしかたのないことに思えた。

　それでもアルベルトは怒りが収まらないのか、玉座の肘掛けをこぶしで叩く。

「誰がなんと言ってもサーシャは渡さない。サーシャは災いなどではない。肝に銘じろ」

　家臣たちがいっせいに「はっ」と頭を下げるのを見て、サーシャはとうとう心を決めた。

　アルベルトがここまで我儘を押し通すのをこれまで見たことがなかった。なにより国民を、そして臣下を大切にしてきた人だ。こんなふうに理不尽な怒りをぶつけるようなことは決してしなかった。それなのに。

　自分がここにいることで彼は冷静さを見失う。そして立場を悪くする。このままでは城内に軋轢《あつれき》を生み、ギスギスした暮らしを余儀なくされてしまう。

　――ぼくのせいだ……。

　できることなら目を逸らしていたかった現実に正面から向き合わされ、サーシャは強く唇を噛む。アルベルトは違うと言ってくれたけれど、人狼である自分はこの国にとってやはり災いでしかないのかもしれない。

――狼は、イシュテヴァルダにいてはならない。

自分が出ていけば不幸な連鎖を断ち切れる。そればかりか、今後この国に降りかかるであろう厄災も引き連れていけるかもしれない。せめて最後ぐらい役に立ちたい。

「アルベルト様」

思いきって声をかけた途端、皆がいっせいにふり返った。こんなに大勢から注目されるのははじめてで、気圧《けお》されそうになる心を必死に奮い立たせる。

一度大きく深呼吸をすると、サーシャはまっすぐにイシュテヴァルダ王を見上げた。

「ぼくは、あの人と一緒にこの国を出ます」

「サーシャ」

急転直下の発言にすぐ近くでテオドルが声を上げる。フランシスも目を瞠っているのが見えた。

アルベルトは信じられないというように首をふる。

「あんな男の言うことを信じるのか」

「これ以上、皆さんにご迷惑をかけたくありません。アルベルト様のご負担になりたくありません」

「なにを言う。そんなことなどあるものか」

「アルベルト様」

「この話はもう終わりだ」

一方的に話を終わらせると、アルベルトはそのまま謁見室を出ていった。

「アルベルト様！」

なんとか話を聞いてほしくて廊下まで追いかけていったものの、サーシャの呼びかけにアルベルトがふり返ることはなかった。どんどん離される距離に焦って走っていってなんとか腕を摑んだものの、いまだ怒り冷めやらぬ彼に乱暴にふり払われ、ショックのあまり立ち尽くすうちにその場に置いていかれてしまった。

――アルベルト様……。

こんなことははじめてだ。彼はすっかり変わってしまった。

意気消沈したまま窓の外に視線を移す。すると、城門へとつながる道を歩いているドグラスの背中が目に飛びこんできた。

「お待ちください！」

その瞬間、矢も楯《たて》もたまらず呼びかける。

ドグラスはキョロキョロと周囲を見回し、やがてそれが城内からの声と知るや、こちらに向かって恭しく一礼した。

「お話したいことがあります。少しだけ、そこで待っていていただけませんか」

「これはこれは人狼の……。なるほど。承知いたしました」

サーシャからの話とあって、彼はすぐに意図を察したようだ。礼を言って身を翻したサーシャは、すぐさま騎士団の庁舎に向かって駆け出した。

こんなことになるとは思っていなかった。

これから自分がなにをしようとしているかも。

けれど、この機会を逃したらすべてが最悪な結末を迎える。それだけは避けたかった。

陽が刻々と傾く中、息を切らせて走る。もともと筋肉のつきにくい体質に加えて、城で暮らすようになってからは水汲みや薪割りなどの力仕事がないせいで身体が鈍っているのかもしれない。

やっとのことで庁舎のドアを叩くと、幸運にも副長のヴィンセントが迎えてくれた。

「サーシャさん……どうなさったのです、こんなところに」

ヴィンセントが驚いてこちらを見下ろす。ここに来たのは演習を見せてもらった時ぐらいで、普段取り立てて用事があるわけではない。すわ王の一大事でも報せにきたかと身構える副長にサーシャはふるふると首をふった。

「突然お邪魔してすみません。実はあの…、秘密のご相談があるんです」

――ヴィンセントさん、ごめんなさい。

心の中で謝ってから、サーシャは小さな嘘をつく。

「実は最近、眠れなくて辛いんです。お医者様にかかるとアルベルト様にご心配をおかけしてしまうし、どうしようかと……。そこで、ヴィンセントさんにご相談に乗っていただけたらと思いまして」

あれははじめて会った時。騎士団長の右腕を務める男は武器や武具だけでなく、薬にも詳しいとアルベルトから聞いたのを思い出したのだ。

「そうだったのですか。サーシャさんにとって最近はいろいろなことがありましたからね。お辛い気持ち、お察しします」

ヴィンセントはそう言って一度奥へ引っこむと、小さな薬包を持って戻ってきた。

「睡眠薬です。戦地に赴いた際、神経が昂って眠れない団員に処方するためのものです。大人ならこれひとつ飲んでも大丈夫ですが、サーシャさんなら半分ほどでまずは様子を見てください」

手渡された紙包みを両手で持ち、深く頷く。

「ありがとうございます。このご恩は忘れません」

深々と頭を下げると、ヴィンセントは「そんな大袈裟な」と眉尻を下げて笑った。凛とした雰囲気の中にほのかに加わるやわらかさを瞼に焼きつける思いでじっと見上げる。それからもう一度頭を下げると、城へ向かってもと来た道を走って戻った。

途中、厨房に寄ってホットワインを一杯もらう。いつもシロップを水で薄めたものしか飲まないサーシャが酒を呑むのかと驚くイリスに、ここでもまた「アルベルト様がワインをと」と嘘をついた。

――イリスさん、ごめんなさい。

陽気に笑う料理長に深々と頭を下げ、一度自室に戻る。ヴィンセントにもらった睡眠薬をワインに溶かすと、それを持ってアルベルトの部屋へ向かった。

――いけないことをしようとしている。

その自覚は充分にある。それでも、とっさに他の方法が思いつかなかった。罪悪感に押し潰されそうになるのを懸命にこらえながら王の私室の前に立つ。ここに来るのもこれが最後になるだろう。そう思うとノックをする手がふるえた。

「アルベルト様。サーシャです。先ほどのお詫びに来ました」

少し遅れて応えが返る。

扉を押し開けると、アルベルトは窓辺のソファに座って外を見ていた。赤褐色の髪が夕日を浴びて炎のように輝いている。畏怖の念さえ抱かせる神聖な姿にサーシャは言葉もなく圧倒された。

これがイシュテヴァルダの王だ。すべてを統べるものの姿だ。

自分はずっとそんな人の傍にいたのだなと、今さらながら不思議な感慨に包まれる。すぐ傍まで近づいていくと、アルベルトは無言で隣に座るよう促してきた。

「あの…、これ、よかったら……」

傍らに腰を下ろし、持ってきたワインを勧める。

「これは？」

「アルベルト様のお好きなホットワインです。気持ちが落ち着くかと思って……」

「わざわざ持ってきてくれたのか」

アルベルトはわずかに頬をゆるませ、礼とともに杯を受け取った。

――アルベルト様、ごめんなさい。

後ろめたさでまともに目も合わせられない。そんなサーシャの思いをよそに、アルベルトは毒味係を呼びもせず、なんのためらいもなくワインに口をつけた。

サーシャが自分に勧めるものに毒など入っているわけがないと信じているのだ。あまりに不用心で王らしくもない。逆に言えば、それだけ信頼されているということでもある。

――これから裏切ってしまうけれど。

アルベルトは二度、三度と杯を傾け、半分ほど干すと、静かに深いため息を落とした。

「おまえの言ったとおりだ。落ち着くな」

シンとした部屋の中、あたたかな飲みものを啜る音だけが響く。

どれくらいそうしていただろう。空になった杯を置いたアルベルトが身体ごとこちらに向き直った。

「さっきは怒鳴ってすまなかった」

「いいえ。ぼくの方こそ、申し訳ありませんでした」

「俺はもうよくわからなくなってしまった。おまえさえいればそれでいいのに……」

はじめて聞く彼の弱音。

いっそなにもかも捨ててお互いの手を取れたらとこの期に及んで思ってしまう。それでも、それだけはできないことだからとサーシャは断腸の思いで唇を噛んだ。

彼には、背負うものがたくさんある。

自分には、それを邪魔する権利はない。

「いけません。アルベルト様は、この国の国王陛下なのですから」

「おまえまでフランシスのようなことを言う」

「この国の皆さんがアルベルト様を必要としていらっしゃいます。来年は即位十年の節目をお迎えになると聞きました。その先もずっと、どうか健やかな治世が続きますように」

彼の未来が光とともにありますように。それだけを祈る。どこにいても、どんな時でも、アルベルトのしあわせだけを祈り続ける。

言外の思いになにかを感じ取ったのか、アルベルトがふっと含み笑った。

「おかしなやつだな。そんな先の話を」

聞き咎められるかと身構えたサーシャだったが、それより早くアルベルトの上体がぐらりと傾ぐ。薬が効いてきたのだろう。

「変だな。これぐらいで酔うわけないんだが……」

「お疲れなのでしょう。どうぞこちらに」

アルベルトの身体に手を添えてソファに横たわらせると、なぜか彼は口端だけを上げて笑った。

「不思議な心地だ。ふわふわとして……。サーシャ、手を握ってくれないか」

もはや目を開けていることもできないのか、瞼を閉じたままアルベルトが手を伸ばしてくる。

だからサーシャもその手を取ると、宝物にするように大切に両手で包みこんだ。

「あぁ……。おまえの手は、あたたかいな」

「……っ」

鼻の奥がツンと痛くなる。涙がこぼれてしまわないように懸命に奥歯を嚙み締めた。

はじめて会った時、彼の手のあたたかさに驚いたことを覚えている。とても大きいと思ったことも。その手がここまで連れてきてくれた。だから最後は握手をしてから離すのだ。
もう一度、思いをこめて握り締める。
――愛しています。アルベルト様のことだけを
ずっと、ずっと………。
ほどなくしてアルベルトが深い眠りに落ちたこと
を確認し、注意深く手を離す。彼にもらった十字架
のネックレスを外してテーブルに置くと、サーシャ
は無防備な頬に別れのキスを贈った。
――散った花は二度とは咲かぬ。それが恋の運命《さだめ》
なりせば。
あの歌が頭の中でぐるぐると回る。
「ごめんなさい。アルベルト様」
立ち上がり、背を向けたその時、背後で彼が動く
気配がした。
「サ…、シャ……」
行かないでくれ――。

「……っ」
ぽつりと小さな寝言が洩れる。
それを聞いた瞬間、どうしようもないほど熱いも
のがこみ上げた。
――アルベルト様……。
一度ならずも二度までも裏切ってしまうことをお
許しください。どうか自分のことはすべて忘れて、
光の中を歩いてください。
そんな思いをこめて、サーシャはまっすぐにアル
ベルトを見た。
「さようなら」
名残惜しさをふりきって踵を返し、今度はひと思
いに部屋を出る。ドアを閉めてしまえばこんなにも
あっけなくすべては終わった。
扉に背を預けたままゆっくりと深呼吸する。
目を上げると、少し離れたところでフランシスと

テオドルが立っているのが見えた。もしかしたら心配して待っていてくれたのかもしれない。サーシャが近づいていくと案の定、ふたりは気遣わしげな顔で覗きこんできた。

「大丈夫か。なにかあったのか」

「ご心配をおかけしてすみません。お別れをさせていただきました」

「……サーシャ？」

どういう意味だとフランシスが目で問う。

「ご厚意に甘えて長くお世話になってしまいました。そろそろお暇させていただきます」

「本気なのか。陛下だって、さっきあんなに……」

王の私室のドアとサーシャとを交互に見遣ったテオドルは、不意に「あ…」と呟き目を見開いた。

「だから……お別れ、なのか」

「ほんとうか」

驚くテオドル、畳みこむフランシス。ふたりの顔を目に焼きつけ、サーシャははっきりと頷いた。

「これ以上ぼくがここにいては、皆さんにご迷惑をおかけするばかりです。さっきのアルベルト様を見て確信しました。ぼくは、アルベルト様にこの国の誰からも愛される素晴らしい国王になってほしいと思っています。はじめて会った時のアルベルト様に戻ってほしい。だから出ていくことに決めました」

「サーシャ……」

フランシスが氷の美貌と謳われた顔をくしゃりと歪める。はじめて見る彼の人間くさい表情に、なぜだろう、ほっとしてしまった。

「寂しくなるな」

「これまで、ありがとうございました」

たおやかな手と握手を交わす。アルベルトのものとはまるで違う、けれどこの国を守り支えるために必要な手だ。

「元気でな。いつかまた、どこかで会おう」

「テオドルさんも」

テオドルがぎゅっと抱き締めてくれる。アルベルトにされるのとはやはり違う、けれどどこの国を盛り立てていくために必要な腕だ。

静かに別れを惜しんだ後は、世話になったクラウスにも一言告げて、サーシャは城の外に出た。

城門の前では馬を連れたドグラスが待っている。サーシャが「連れていってください」と頼むと、彼はふたつ返事で馬に乗せてくれた。

ドグラスが前に跨《また》がり手綱を取る。彼が鐙を調整している間、一度だけ後ろをふり返った。

たくさんの思い出が詰まった城。

ここで人を愛するよろこびを知り、そして愛されるよろこびを知った。愛の苦しみを身をもって知り、愛ゆえに身を引く覚悟を決めた。すべてアルベルトがいたからだ。彼がいなければ知ることもなかった。

――――さようなら、アルベルト様。どうかどうかお元気で………。

意を決して後ろからドグラスの腹に腕を回す。

それを合図に、馬は静かに走りはじめた。

あっという間に城門を潜り、城と町を隔てる橋に差しかかる。これまでも視察に、遊びにと、何度となく渡った橋だ。いつもは誇らしい気持ちでいたけれど、今日ばかりは両側の欄干に飾られた歴代の王たちから責められているようで一度も顔を上げられなかった。

――――ごめんなさい。ごめんなさい。

ドグラスの背中に頬を押し当てながらそればかりをくり返す。

もう二度と、後ろをふり返ることはなかった。

粗末な宿屋で寝泊まりをくり返しながら連れていかれたのは、国境近くにある古びた建物だった。

そこで絵を描くのかと訊ねたサーシャを小馬鹿にするようにドグラスが嗤《わら》う。城を出てからというもの、化けの皮が剝がれるように彼の態度も口調もあからさまに変わった。

「あんなもん、全部嘘に決まってんだろ」

「……」

あっさりと言われて唇を噛む。

道中、薄々感じていたのだ。彼の荷物に絵の道具らしいものなんてなかったし、美しい花を見ても、風景を見ても、それを描き留めたいという言葉など一度も出てこなかったから。

「……欺したんですか」

「俺に言わせりゃ欺される方が悪いね」

ドグラスはうっとうしそうに吐き捨てながら目を眇める。やけに貫禄のあるふてぶてしさは一朝一夕に身についたものではないだろう。そして案の定、サーシャの勘は当たることになった。

彼は、希少性の高いものを手に入れながら諸国を周遊し、見世物のショーで派手に金を稼いでいる団体の団長だった。

一国に拠点を持たないため法で裁くことができず、また長く雪に閉ざされる土地での数少ない娯楽ということもあって、人々のストレス発散のためどの国からもお目こぼしという扱いらしい。

そこまで聞いて、嫌な予感にぞくりとなる。

思っていることが顔に出ていたのか、ドグラスがニヤリと口端を持ち上げた。

「おまえ、珍しい人狼なんだってなぁ？　せいぜい役に立ってもらうぜ」

「どういう意味ですか」

「なぁに。ちょっとしたショーに出てもらうだけさ。連れ出してもらった礼に頑張って働きな」

いいものを見せてやると地下に連れていかれる。

そこには檻《おり》に入れられ、足を鎖でつながれた男女がいた。どちらも意識がないのかぐったりしていて、時々苦しげな呻き声を上げている。

「言うことを聞かないとおまえもこうなる。覚えておけ」

「……っ」

「そうビクビクするなって。幸いおまえは見目がいい。ちょっと姿を変えてシナでも作りゃあがっぽり稼げる。楽しみだ」

ドグラスの甲高い笑い声にますます不安を煽られ、サーシャは痛みはじめた胃のあたりを押さえた。


——こんなことになるなんて……。

今すぐ逃げ出してしまいたい。

けれど彼に刃向かったところで馬もなく、帰り道もわからない自分はこんな遠いところからひとりでは帰れない。道中誰かに助けを求めようにも先立つものもなにもない。城で働いた分の給金だからとフランシスが持たせてくれたわずかな現金もとっくにドグラスに取り上げられた。

今はただじっと耐えてチャンスを待つしかない。近いうち、次の興行場所に移動する機会があるだろう。そのどさくさに紛れて逃げ出さなくては。

新入りのサーシャには粗末な部屋が与えられた。横になったらそれでいっぱいになるほどの小さな部屋だ。壁は薄く、両隣からはなにやら怪しい物音も聞こえてくる。それに驚いていると、ドグラスは当然とばかりに言い放った。

「明日から働いてもらうからな。ショーは一日二回だ。俺が合図したら狼になれよ」

「え？　あ、あのっ」

「なんだ。文句なら聞かねぇぞ」

「いえ、その……ぼくは自由に姿を変えられるわけではありません。お腹が空いて、どうしようもなくなった時ぐらいしか……それでも耳と尻尾ぐらいしか出ませんが……」

「はぁ？　だったらおまえの食事は抜きだ。ったく、手間のかかる……。姿が変わるまでにいったい何日いるってんだ」

当てが外れたのか、ブツブツ言っていたドグラスだったが、不意に「そうだ」と声を上げた。

「ショーに出るまでは酌をしろ。仕込んでやるからありがたく思え」

よほどいい思いつきだったのだろう。ドグラスがニタニタといやらしい笑みを浮かべる。その目はどこか蛇に似ていて生理的な恐怖に身が竦んだ。

けれど、どんなに嫌でも彼に従うより他にない。自分に選択の余地はないのだ。

かくして、翌日からは徹底して手練手管を仕込まれた。

生まれてこのかたそんなことをしたこともなければ興味を持ったこともないサーシャにとって、ドグラスの要求は無茶難題でしかなかった。「もっとその気にさせろ」と言われてもどうすればいいのか皆目見当もつかなかったし、「色目を使え」と指示されたところでそれがなにかもわからなかった。

サーシャがどんなに無理と言ってもドグラスは決して許さなかった。少しでも反抗すれば詰《なじ》られ、殴られ、時には動けなくなるまで折檻《せっかん》されることもあった。

食事を与えられず、尊厳を踏《ふ》み躙《にじ》られながら意に沿わぬことを強要されて精神は磨り減っていくばかりだ。ギリギリのところでそれでも踏み止《とど》まろうとしていたサーシャだったが、ここに来てからの時間感覚はとうにおかしくなっていた。

そんな、ある夜のこと。

「おっ。それそれ。やっと出たな」

ドグラスの声にサーシャはぼんやりと顔を上げる。

昼夜すら曖昧な生活の中で唯一正確なのはドグラスがやってくる時間だった。彼は毎日朝と晩、決まってサーシャのところに顔を出す。そうして変化を確認するのだ。

指されたとおり頭の上に手をやったサーシャは、そこではじめて狼耳が出ていることに気がついた。ふり返れば尻尾もあった。

半獣姿になったということは、心も身体も限界を迎えつつあるということだ。身体からのＳＯＳと同義だった。

けれどドグラスはそんなことまるでお構いなしにサーシャを別室に引っ張っていくと、若い男たちに命じて支度をさせた。

着ていたものをすべて脱がされ、ていねいに身体を洗われる。肌には香油を塗られ、覆うところなどほとんどないような薄布で局部を隠した。髪にも腕にも飾りをつけられ、薄く化粧まで施される。あれよあれよという間に身支度をさせられたサーシャはそのままショーの客席へと連れていかれた。

舞台で行われるショーを見ながら酒が呑めるというものだ。眩しい舞台とは対照的にこちらの客席はひどく暗い。よくよく目が慣れないうちはどこになにがあるかもわからないくらいだ。いくつかの人影が蠢《うごめ》いているのがなんとなく見えた。

「ほら、行ってこい。しっかりやれよ」

ドグラスにドンと背中を押され、蹈鞴を踏む。

急なことでうまくやれるか不安だったが、ここで二の足を踏めばまた折檻されるかもしれないと覚悟を決めて一組の客の近くに腰を下ろした。

「こんばんは。よろしかったら、お相手をさせていただけませんか」

「やぁ、これは目の覚めるような美しい方。こちらこそよろこんで」

「おや。その耳は人狼ではありませんかな。客席でこんな珍しいものが見られるとは」

それまで舞台に夢中だった客たちは、突然割って入ったにも拘わらずサーシャをよろこんで迎えてくれる。まさかこんなにあっさりいくとは思わず内心首を傾げかけたが、表には出さず酒を勧めた。

男たちはこれまでも何度か足を運んだことのある常連だそうで、時々こうして羽目を外しにやってくるのだそうだ。皆目元を隠しているので詳しい人相はわからないものの、話している内容からしてかなり裕福な商人らしい。サーシャが高価な酒を勧めるとなんのためらいもなくそれを求めた。

「いやぁ、きれいな子に注いでもらう酒は格別だ。いつもよりうまくて呑みすぎる」

「それなら樽で頼まなくては。儂《わし》もよろこんで散財するぞ」

楽しげな彼らの目の前で次のショーがはじまる。今度は曲芸のようだ。サーシャにとっては珍しいそれも男たちには見慣れた光景なのか、さして興味を引かれる様子もなかった。逆にサーシャの方がそわそわしてしまい、そんな姿に笑われたくらいだ。

そうしてどれくらい酌を続けただろう。

したたかに酔った男たちは、呂律《ろれつ》の回らない口調でドグラスのことを話してくれた。

「一座はもう長いことこのあたりを回ってる。いつも珍しいものや奇っ怪なものを引き連れてな……。時々はそう、怪しいやつらも混じっているからおまえさんもお気をつけ」

「表向きはショーということになってはいるがね。裏では大きな声では言えないようなこともやっているとか……」

耳打ちされたところによると、人身売買や薬物の密売に手を出しているとの噂もあるらしい。それを聞いて、地下に閉じこめられていた男女の姿が脳裏を過《よぎ》った。

——もしかして、あの人たちは……。

思いを馳《は》せた、その時だ。

「見ない顔じゃねぇか。俺たちにも酌しろよ」

突然真上から声が降ってきた。

驚いて顔を上げると、いかにも柄の悪そうな若い男が三人、サーシャをニヤニヤと見下ろしている。反射的に後退《あとずさ》ろうとしたところをそのうちのひとりに押し戻され、屈んで顔を覗きこまれて、酒くさい息に顔を顰めた。

「なんだ、こら。客に対してどういう態度だ？」

力任せに肩を突かれ、思わずビクリと身を竦める。怯える様子にさらに嗜虐心《しぎゃくしん》が刺激されたのか、三人はサーシャの頭のてっぺんから足の先までジロジロと眺め回しながらじわじわと距離を詰めてきた。

酔いの回った先客たちも助けようとはしてくれたものの、「ジジイは引っこんでろ」と一蹴されて蹴散らされてしまう。今度はサーシャが助けようと手を伸ばし、力尽くで引き戻される番だった。

「やっ……」

「へぇ。いい声で啼《な》くじゃないか。おまえのここは男を咥《くわ》えこんだらどんな音を立てるんだ？」

「……あ、っ」

後ろから羽交い締めにされ、薄布の中に手を入れられる。胸を思うさま揉み拉《しだ》かれ、突起を括《くび》り出すようにされて、痛みと恐怖にサーシャは必死に身を捩った。

「やめっ…、て……くだ、さっ……」

「そう言ってられるのも今のうちだな。すぐに気持ちよくしてやるよ」

正面からもうひとりの男に足を割られる。局部を覆う布を毟り取るなり覗きこまれ、握りこまれて、嫌悪感で全身に鳥肌が立った。

――嫌だ。嫌だ。嫌だ。

こんなやつらに好きにされるなんて嫌だ。アルベルト様以外に触れさせるなんて耐えられない。

空腹で力が入らないながらも必死に腕をふり回す。無我夢中で身体を捻っているうちに、それがたまたま真後ろの男の頭に当たった。

「く、っそ……このやろう」

怒りに任せて頬を張られ、パン！　と乾いた音とともにサーシャは床にドサリと倒れる。そのまま馬乗りになってくる男たちに手で口を塞がれ、身体を押さえつけられて、もはや呼吸をすることさえままならないとなったその時、サーシャの中でなにかが弾けた。

それははじめての感覚だった。

人狼としての本能に従って身体中の細胞が造り替えられていくのがわかる。人の感覚が薄らいでいき、代わりに嗅覚や聴覚などの五感がひどく敏感になった。自分の身になにが起こっているのかわからないまま、気づいた時には銀色の狼となって襲いかかる男をはね除けていた。

「ヒッ。ほ、本物かよ……！」

尻餅をついた男が目で仲間に助けを求める。

はじめのうちこそ驚いて腰が引けていた若者たちも、サーシャが攻撃してこないとみるや、たちまち毛を摑んで押さえこもうとした。

「うわっ」

伸びてきた手を身を捩ってかわしたサーシャはそのうちのひとりの腕に嚙みつく。怯んだところで別の相手の足に鋭い爪を立ててやった。

だが、相手はひとりやふたりではない。いつの間にギャラリーが増えていたのか、自分たちの周りを男たちが二重、三重に取り囲んでいた。狼に変身したサーシャが珍しくてならないのか、誰もが興味津津といったふうだ。必死に抵抗したものの多勢に無勢で追いこまれ、捕らえられて、サーシャはとうとう猛獣として地下牢に鎖でつながれた。

ガチャン、という絶望的な音とともに牢が閉まる。

さっきまでのきらびやかな世界から一転、冷たい石の床に転がされ、呆然とするしかなかった。

叩かれたところがズキズキと痛い。数人がかりで寄って集《たか》って腹を蹴られた。

慣れない狼の身体をなんとか丸める。どこかから微《かす》かな呻き声が聞こえた気がして、それが自分の声だったと気づいた瞬間、サーシャは愕然《がくぜん》としながら死を悟った。

こうなったからには自分もどこかへ売られるだろうか。役立たずだと殺されるだろうか。あるいは、このまま数日放っておかれればそれこそ飢えて死ぬかもしれない。

――――もう、それでいい。

どのみち禁忌の姿となってしまった今、たとえ逃げ出すことができたとしても、いずれ見つかって殺されるだけだ。もうあの家には戻れない。森の中で死ぬことすらできない。

視界が白く霞《かす》んでゆく。

サーシャは深い絶望に静かに意識を手放した。


どれくらいそうしていただろう。

外が騒がしくなったかと思うと大きな音とともにドアが蹴り破られ、バタバタと足音荒く誰かが駆けこんできた。

「サーシャ！　どこだ！」

懐かしい声で名を呼ばれ、今まさにかき消えようとしていた命の炎がゆらりと揺らぐ。聞き間違えるわけもない。アルベルトだった。

信じられない思いでそろそろと目を開ける。

けれど、限界が近づいた身体は視界からの情報を極端に遮断してしまうようで、うまく姿を捉えることもできない。おぼろげに映ったアルベルトは別れた時と同じように苦しそうな顔をしていた。

——アルベルト様……？

なぜ、こんなところにいるんだろう。

どうして、そんな顔をしているんだろう。

ぼんやりと思い巡らせたサーシャだったが、彼が近づいてくるのがわかってはっと我に返った。

——いけない。

自分は今、狼だ。こんな格好をアルベルトの前に晒していいわけがない。彼の大切な弟の命を奪った憎き獣の姿など。

部屋の端で必死に身体を丸めるものの、牢の中ではいともたやすく見つかってしまう。

「サーシャ……、なのか……？」

牢の前で足を止めたアルベルトが息を呑む気配が

伝わってきた。無理もない。彼は人狼の自分を探しにきてくれたのであって、禁忌の生きものを見つけたいわけではなかっただろう。

――見ないでください。お願いだから……。

いたたまれなさに今すぐ立ち去ってほしいと願ったものの、サーシャの思いとは裏腹にアルベルトは檻の鍵を壊して中へと踏みこんできた。

「おまえを助けにきた。一緒に帰ろう」

アルベルトが一歩、また一歩と近づいてくる。

また会えてうれしい。涙が出そうなほどうれしい。それでもどうしてもどうしても獣の姿を見てほしくなくて、サーシャは差し出された腕から逃げ惑った。右から手を出されれば左へ、左から手を伸べられれば右へと身体をくねらせる。暴れるたびに鎖につながれた後ろ足に鋭い痛みが走ったが、それでもやめることはできなかった。

「大丈夫だ。怖がらなくていい。大丈夫だ」

サーシャがどんなに暴れてぶつかってもアルベルトは辛抱強く手を差し伸べ続ける。携えていた銃の銃床で鎖を断ち切ると、自由の身になったサーシャを両手を広げて抱き締めてくれた。

――アル、ベルト…様………。

こんな自分が情けない。こんな自分で恥ずかしい。

それでももうサーシャの身体は限界だった。四本の足で立っていることすらできなくなり、そのままアルベルトの腕に崩れ落ちる。

そこへ、騒ぎを聞きつけたドグラスが屈強な男たちを連れてバタバタと駆けこんできた。

「闖入者《らんにゅう》め! なにをしている!」

だが相手に銃を構えてはじめて、それがイシュテヴァルダ王だと気づいたようだ。慌てて銃を下ろし、後ろにいた男たちにも同じようにさせる。

「あなた様ともあろう方が、どうしてここへ……」

「久しぶりだな。二度と再会などしたくなかったが」

アルベルトはサーシャを静かに床へ横たえ、着ていた上着を脱いでその上にかけると、自ら盾になるようにドグラスに向き合った。

「サーシャを迎えにきた」

アルベルトがそう言い放った瞬間、ドグラスの目の色が変わる。サーシャに手練手管を教えこんだ時のように、情けを知らない目だ。一国の主《あるじ》を前にしても同じ顔ができるのかと呆気に取られるサーシャの前で、ドグラスはニヤリと下卑た笑みを浮かべてみせた。

「……考えてみりゃ、ここで陛下陛下と諂《へつら》ったところで意味もないか。だったら手っ取り早く教えてやるよ。その狼は俺のものだ」

「サーシャが自分の意志でここにいるとは思えない」

「そいつが連れていってくれって頼んだんだぜ。人狼っていうからもっと役に立つかと思って拾ってみたが……ショーに出す前に変身しちまいやがって」

苦々しい舌打ちが牢に響く。

けれどアルベルトは臆することなく、ドグラスに向かって間合いを詰めた。

「ならば、用は済んだということだな。サーシャを解放してもらおう」

「冗談じゃねぇ。こいつが暴れたせいで客席がメチャメチャになってんだ。弁償するまで働かせてやる」

「どうしても応じないと言うのだな……。ならば力で通すしかあるまい」

アルベルトは徐《おもむ》ろに指を口に当て、ピイッと鋭い音を立てる。するとそれが合図だったかのように侍従や兵士たちがいっせいに部屋に傾《なだ》れこんできた。

騎士団副長のヴィンセントの姿もある。

「な、なっ……」

大勢に周囲を取り囲まれ、ドグラスの表情があきらかに狼狽えたものになる。それでも彼は屈強な護衛たちに相手を命じ、その隙にサーシャを攫《さら》って逃げようとした。

だが、それを見咎めたアルベルトが腰の剣を抜き、ドグラスに向ける。

「俺が相手だ」

「ち…、くしょ……っ」

自棄《やけ》になったドグラスもまた剣を抜き、サーシャのすぐ目の前で激しい討ち合いがはじまった。

だが、鍛え抜かれたアルベルトとは対照的にドグラスは腰が引けており、実戦経験のなさが透けて見える。闇雲に剣を動かし、その重さに身体がふり回されているといった具合だ。アルベルトは最小限の力でドグラスをあしらいながら、一歩、また一歩と彼を部屋の隅へと追い詰めていった。

「く、来るなっ。来るなよっ」

ドグラスはもはやパニックだ。必死に目で応援を頼むものの、彼を守るはずの男たちも兵士たちに討ち負かされ、総崩れはもはや時間の問題に思われた。

だが、追い詰めるまであと一息というところで、アルベルトの背後に躍り出るものがあった。

「もらった！」

「く、っ……」

「陛下！」

傍にいたヴィンセントがすぐさま剣をふるい、相手を薙《な》ぎ倒す。

けれど予想外の打撃だったためか、アルベルトはよろめき膝を折った。

――アルベルト様！

息が止まる。

まさか怪我をしたのだろうか。まさか深手を負ったのだろうか。

——うそでしょう……！

生まれてはじめて見る光景に恐怖のあまり身体が竦む。それでも、この期に及んでなお、サーシャを気遣うようにふり返ったアルベルトがぎこちなく微笑むのを見た瞬間、胸に熱いものがこみ上げた。

——アルベルト様。アルベルト様……！

あぁ、こんなにも愛しい。彼を死なせるわけにはいかない。そのためならなんだってする。

ウォ——ン……！

サーシャは気力をふり絞って立ち上がると、渾身《こんしん》の力をこめて吠《ほ》えた。愛しいものを守るための決意だ。はじめて聞くであろう狼の遠吠えにドグラスの顔は恐怖に引き攣り、男たちは逃げ出していく。

「さぁ、まだ戦う気があるなら剣を取れ」

再び立ち上がったアルベルトがドグラスの鼻先に鋭い切っ先を突きつける。

「くっ、……お、覚えてろよ……！」

苦渋に顔を顰めたドグラスはとうとう剣を捨てて逃げ出した。男たちも倒《こ》けつ転《まろ》びつそれに続く。

勝敗はついた。

だが、ここで終わりではない。

「おまえたちはドグラスを追え。おまえはアルフォンスと合流し情報を伝えよ。おまえは脱出用の馬の用意だ。いいか、必ず生きて捕らえよ。行け！」

王の素早い指示に侍従たちが駆け出していく。

アルベルトは自らの剣を鞘《さや》に納め、銃を背負うと、サーシャに向かって頭を垂れた。

「目の前で怖い思いをさせてすまなかった。おまえを助けたかった一心だ。わかってくれ」

そうして残った兵に外を偵察させる。安全だと判断したアルベルトに促されるまま、サーシャは外へと連れ出された。

懐かしい大地の匂い。空には夕日が赤々と燃えている。

そんな中、アルベルトの黒馬に乗せられ、慌ただしくドグラスの本拠地を後にした。

満身創痍《まんしんそうい》の身に馬上の振動は殊更にこたえる。それでも、これで晴れて自由の身だと思うと疲弊していた心も軽くなるのがわかった。久しぶりの解放感と、アルベルトと一緒にいるという安心感に、いつしか身体の痛みも忘れてサーシャは深い眠りへと吸いこまれていった。

そうして、どれくらい駆けただろう。

サーシャが再び目を覚ますと、そこは見覚えのある森だった。たまには遠乗りでもとアルベルトが連れてきてくれたあの森だ。


「よく頑張ったな。もう大丈夫だ」

アルベルトに頭を一撫でされ、そうされてはじめて自分がどれだけ緊張していたかを思い知る。

湖の畔《ほとり》で馬を下ろされたサーシャはアルベルトが木に馬をつなぐ間、懐かしい景色を眺め回した。

また、ここに来られるなんて思っていなかった。

城を出たあの日、自分はそれまでのすべてを捨てた。愛し合ったしあわせも、たくさんの思い出も全部過去のものにして二度と戻らないと覚悟を決めた。

それなのに。

——また、こうしてここにいる……。

あの時とはすべてが同じではないけれど。二度もアルベルトを裏切った過去は消えないけれど。

これからのことに思いを馳せた、その時だった。

「……！」

ドサリという音を立てて背後でなにかが崩れ落ち

る。ふり返ると、アルベルトが地面に倒れているのが目に飛びこんできた。

――アルベルト様！

急いで駆け寄り、呼吸を確かめる。幸いにも息はあるようだが、尋常でないほど脈が速い。こうして鼻を近づけてはじめて、彼の背中に傷があることがわかった。

あの時だ。背後から襲われた時、血飛沫《しぶき》こそ飛ばなかったもののやはり怪我をしていたのだ。

――それなのに、こっちもふり返って……。

笑ってくれた。安心しろというように。

――アルベルト様……。

このままではいつどうなるとも知れない。いくら初夏を迎えたとはいえ、夜となれば空気も冷える。

サーシャは服を咥えてアルベルトを草の上に引っ張っていくと、自らの身体を擦り寄せた。たとえ忌み嫌われた獣であっても、彼をあたためることならできる。

ほんとうは水を飲ませてやりたい。怪我の手当もしてやりたい。それなのにこの身体ではなにもできない。だからただただあたため続ける。

――どうか助かりますように。どうか目を覚ましますように。

ひたすらに回復を祈る。

今ほど、この身の無力さを痛感せずにはいられなかった。


その夜、サーシャはしあわせな夢を見た。

人としてアルベルトと結ばれる夢だ。いろいろなことがあったけれど最後はめでたしめでたしで幕が下りる。なんてしあわせなんだろうと胸を熱くしながら目を覚ましたサーシャを待っていたのは、だが無情な現実だった。

手足は依然として獣のまま、人の姿にはほど遠い。どうやったら人間に戻れるのかもわからなかった。

アルベルトはまだ眠っている。

そのおだやかな寝息を聞きながら、彼が助けにきてくれた時のことをしみじみと思い返した。来てくれてうれしかった。涙が出るほどうれしかった。

けれどその反面、アルベルトにだけはこの姿を見られたくなかった。彼がこの世で最も憎むものだからだ。狼耳や尻尾を見られた時も辛かったけれど、今の気持ちはその比ではなかった。

彼を起こさないよう、そっと立っていって湖面を覗きこむ。

鏡のような水面に映ったのは美しい銀の毛並みを持つ一頭の狼だった。かつて一度だけ目にした父レオンの狼姿によく似ている。薄紫の瞳は母親譲りだ。大好きだった両親を思い出し、サーシャはそっと目を閉じた。

命を授けてくれた人狼の父、人間の母。

この身体は、ふたりからもらった大切なものだ。たとえ愛する人からどんなに憎まれたとしても自分は自分を嫌いにはなれない。一度は生きることそのものを諦めかけたサーシャだったが、こうして目に映してあらためて思った。

けれど、だからこそ。

アルベルトの前では己を受け入れることが辛い。愛と信念の板挟みになって苦しんでいる彼の気持ちもわかるからだ。

――アルベルト様……。

間もなく彼は目を覚ますだろう。その時にこんな姿の自分が目の前にいてはいけない。それは突き上げるような衝動だった。

——ごめんなさい。

サーシャは別れの挨拶代わりにアルベルトの頬に鼻先を擦り寄せる。どこに行く宛もないけれど、せめて彼が眠っている間に目の届かないところに行かなくては。

けれど踵を返したところで、アルベルトがふっと目を覚ました。

「……サーシャ」

名を呼ばれ、ギクリと足を止める。ふり返ることもできずに立ち尽くすサーシャの背後で、アルベルトが身を起こすのが気配でわかった。

「どこへ行く」

アルベルトが立て膝のままこちらに躙り寄ってくる。手を伸ばされ、とっさに身を竦めたものの、不意に首元をあたたかなものに包まれて驚きのあまり固まった。アルベルトだ。アルベルトが抱き締めてくれているのだ。こんな、狼の自分を。

「頼む。いなくならないでくれ」

——どうして。

言葉は出ない。声も出せない。それでもこの気持ちは伝わったのだろう。

「どこにも行かないでくれ。おまえを愛している」

真摯に告げられた瞬間、息が止まった。

——ほんとう、に……?

信じられない思いにただただアルベルトを見上げる。彼はやさしく目を細めながら、まるで宝物を愛しむように「サーシャ」とこの名を唇に乗せた。

——そんな、ことが……あるなんて………。

胸がふるえる。心がふるえる。とっくの昔になにもなくなったと思っていたそこが愛しさだけで満ちあふれる。

呆然《ぼうぜん》とするサーシャを座らせ、自分も隣に腰を下ろすと、アルベルトは「長い話をしよう」と前置きしてゆっくりと話しはじめた。

「おまえと出会ったのは冬の終わりのことだったな。春の気配が漂うあたたかな日のことだった」

いつものように町へ視察に赴いた際、いざこざを仲裁したことがきっかけでふたりは出会った。思えばあれは一目惚れだったとアルベルトがはにかむ。

サーシャはそれを信じられない思いで聞いた。

――ユリウス様に似ていたからでは……？

思ったことは狼になっても顔に出るものなのか、こちらを見たアルベルトが苦笑に眉尻を下げる。

「おまえをユリウスの代わりとして見たことは一度もない。確かにあの子は生きていたらおまえと同じ歳だろう。心根がやさしいところも、あかるいところもおまえと近しいものがあるかもしれない。だが、おまえはおまえだ。俺はおまえの魂と話をしている。おまえが俺にそうしてくれたように」

弟を亡くし、長い間自責の念に苦しんでいた心に寄り添ってくれたのは他ならぬサーシャだったと彼は自慢げに語る。王としてたくさんのものを背負い、常に気を張っていなければならない自分を理解し、心を癒やしてくれたのもサーシャだったと。

――ぼくは、そんなにいいものじゃありません。

胸の中で反論したものの、アルベルトは微笑みながらやさしく毛を撫でるばかりだ。

「おまえはほんとうにかわいかった。やることなすことなんでも楽しそうで……いつもあかるく笑っているのを見るだけで気持ちがほっと和んだものだ。おまえに会いたいばっかりに仕事をこなしてはフランシスにからかわれるのも悪くなかった」

ついでにお小言も減ったしなとアルベルトが肩を

竦める。

「いろいろな話をしたな。俺の家族のことも聞いてもらったし、おまえの生まれ故郷の話も……。あぁ、あの時、おまえが言い淀んだのは生い立ちゆえのことだったんだな。隠れて生きていたんだ、無理もない。そしてそうさせていたのはこの俺だ」

アルベルトは目を伏せ、それでも足りないというように固く目を瞑った。

「ほんとうのことを言わないのはおまえに対して不誠実だと思うから、正直に言おう。おまえが人狼だったと知ってショックを受けたのはほんとうだ。それでも、おまえをかけがえのない存在だと思う気持ちは変わらなかった」

――アルベルト様……。

言葉を話せないこの姿を今ほどもどかしく思ったことはない。自分の気持ちも不安も伝えられない。


「サーシャ」

おだやかな声にそろそろと顔を上げる。

アルベルトは、そんな反応さえうれしいのだと教えるように頷いた。

「俺の気持ちは変わらない。これから先、おまえが狼のまま生きていくのだとしても、一生傍にいてほしいと思っている」

――そんな……。

そんなのいけない。アルベルトはイシュテヴァルダの王だ。狼を伴侶に迎えるなんて許されない。

とっさに逃げを打ちかけたが、それを察したアルベルトによって制された。

「狼が人間を襲い、人間が狼を排除した。俺は弟を失い、おまえは父親を失った。どんなに啀《いが》み合っても憎しみからはなにも生まれない。ただ悲しみが増えるだけだ。それがわかったのはおまえが出ていった後だった。……次は、おまえを失うのだと」

不幸な連鎖に気が狂いそうだったという。

「おまえは身をもって警鐘を鳴らしてくれたのだな。別れ際、もとの俺に戻ってほしいと言っていたというのを聞いてはっとした。罰が当たったのだと」

深く己を省みたアルベルトは、酷い言葉で詰ってしまったフランシスや謂《いわ》れのない叱責を投げつけたアレクシスにも直々に謝罪し、態度をあらためることを誓ったのだそうだ。

「おまえがドグラスに捕らえられたことを探り当てたのはアレクシスだ。伝令としてこれまで築き上げたあらゆる伝手《つて》を辿ってくれてな……。相当な苦労をしたに違いない。にも拘わらず汚名返上の機会を与えてもらったと俺に礼を言う始末だ。あんないい男を失わなくてほんとうによかった」

アルベルトがしみじみと語る。

そこから先はイシュテヴァルダ軍一丸となっての総力戦だったのだそうだ。ドグラスの拠点を暴き出し、作戦を立てたのは騎士団長のアルフォンス。攻撃において最も危険度の高い突入の先鋒《せんぽう》隊を務めたのはヴィンセントだった。隊をふたつに分け、突入後はアルフォンスらが地上でドグラスを待ち受け、ヴィンセントが当人を追い立てる役目を担った。

今頃、ドグラス一味は捕らえられ、城へと連行されているだろう。人身売買などの証拠品も残らず没収されただろうから、後は敏腕家令とその右腕たちが準備を整え、城で裁判の手筈《てはず》となる。生涯投獄されることになるだろうとアルベルトは語った。

「おまえのおかげで俺は大切な家臣たちを失わずに済んだ。国の安全も守ることができた。……だが、そこにおまえがいなければ」

アルベルトは言葉を切り、一度深呼吸をすると、噛み締めるように言葉をつないだ。

「許されるなら、おまえと一緒に不幸な連鎖を断ち切りたい。そして一生かけて罪を償わせてほしい。大切なものを失う辛さを知っていたはずだったのに、一時の感情に任せて酷い仕打ちをしてしまったことを誠心誠意謝罪したい」

痛いほど真剣な眼差し。そこにどれだけの思いがこめられているか気づかないほど鈍感にはなれない。

「どうか傍にいてくれ。どこにも行かないでくれ。俺の人生にはおまえが必要なんだ。サーシャ」

なにもかも放り出して、ただただまっすぐに懇願されて、頭の芯がグラグラとなった。

アルベルトの気持ちに応えたい。

でもこのままでは応えられない。

サーシャの考えていることを読んだのか、アルベルトは静かに首を横にふった。

「おまえでありさえすれば、どんな姿でも厭わない。……愛している」

「……っ」

――あぁ、あぁ、こんなことがあるなんて……。

身体中の細胞がふるえる。すべてが新しく造り直されていく。

感極まって飛びつくと、彼は力いっぱいサーシャを抱き締めてくれた。逞しい胸に顔を埋め、懐かしい匂いを思う存分吸いこんだ途端、胸がいっぱいでたまらなくなる。自分の中のなにもかもがアルベルトで満たされていくのがわかった。

「……サーシャ、おまえ……」

驚いたような声に顔を上げる。視線に促されるまま自分の身体を見下ろすと、いつの間にか人間の姿に戻っていた。

「え？　あ……」

「戻れたんだな。サーシャ」

　両手を目の前に翳してみる。手のひらを眺め、甲へ返して、それがほんとうに人間の手であることを確かめる。それから胸を、肩を、二本の足を順番に目で追っていったサーシャの目からほっとした拍子に涙がこぼれた。

「ほん、とだ……」

　アルベルトと同じ姿だ。彼を愛し、彼を支え、彼のすべてを受け止めることができる人の姿だ。

　うれしくてうれしくて、笑いたいのに涙ばかりがこぼれてしまう。それを手の甲で拭えることに感謝しながらサーシャは一心にアルベルトを見上げた。

「アルベルト様のおかげです」

「俺などなにも。すべておまえが成したことだ」

「いいえ。いいえ、アルベルト様がいてくださったからこそです。ぼくを助けてくださって……そして愛してくださって、ほんとうにありがとうございました」

　大きな手が伸びてきて、やさしく頬を包まれる。そのあたたかさにほっとしてまたも涙をこぼすサーシャに、アルベルトは「しかたがないな」と言わんばかりに眉尻を下げてそっと笑った。

「俺の方がおまえに感謝することばかりだ。おまえのおかげで俺は変われた。これからももっともっといい方向に変わっていける。おまえが隣にいてくれさえすれば。サーシャ、おまえはどうだ」

　まっすぐに見つめられ、心臓がドクンと鳴った。言ってもいいのだろうか。ほんとうの気持ちを打ちあけても。

　まだわずかに迷いが残る。けれどそんなものなど吹き飛ばすほどの力強い眼差しがそこにあることに勇気づけられ、サーシャは思いきって頷いた。

「ぼくも、アルベルト様と一緒に変わっていきたいです。アルベルト様のお傍にいたいです」

「それなら、サーシャ」

「愛しています。アルベルト様」

「やっと言ったな」

感嘆とともに今度は息もできないくらい強く強く掻き抱かれる。苦しかったけれど、それ以上にアルベルトが抱き締めてくれていることがうれしくて、もう一度彼と抱き合えたことがうれしくて、自分からも腕を回して思う存分愛しい人を抱き締めた。

しばらくすると腕の力がゆるめられ、代わりに髪に手が伸びてくる。大切な宝物を慈しむようにやさしく撫でられ、指で梳かれて、心地よさにこのまま溶けてしまうかと思った。

「サーシャ」

うっとりと夢見心地で声を聞く。


「おまえを、俺のものにしてもいいか」

――アルベルト様のものに……。

迷う余地なんてどこにもない。こくりと頷くと、アルベルトは身につけていた銀色の鎖を外してサーシャの首にかけた。城を出る時置いてきた十字架のネックレスだ。

「今度はお守りなんかじゃない。生涯の愛の証にこれを。……俺をおまえの伴侶にしてくれるか」

「アルベルト様を、ぼくの……。あの、ぼくをアルベルト様の伴侶にしていただけるのなら」

「どちらも同じことだ」

「でも、アルベルト様の口から聞きたいです」

思っていたことをそのまま言うと、なぜか彼に笑われた。

「俺も同じ気持ちだ。サーシャ、俺の伴侶になってくれ」

「よろこんでお受けします。そしてぼくの伴侶になってください、アルベルト様」

「もちろんだ」

顔を見合わせ、どちらからともなく小さく噴き出す。そんなささやかなしあわせを確かめ合えることが今はただただうれしい。うれしくてうれしくて、声を上げて泣いてしまいそうだ。

「サーシャ」

ゆっくりとアルベルトの顔が近づいてくる。唇が触れ合うその刹那、「愛している」という囁きがキスに溶けた。

——アルベルト様……………。

こうして想いを重ね合えるまで、どれだけたくさんのことがあっただろう。互いの過去を打ちあけ、遺恨を乗り越え、種族や身分の壁さえも越えて愛し合える日が来るなんて。


生まれてよかった。

生きてきてよかった。

出会えてよかった。ただそれだけを思う。

——愛しています。

心の中で呟いてサーシャは再び瞼を閉じる。身体中にあふれるほどの想いごと、愛しい人を抱き締めた。


「ん、んっ……んんっ……」

針葉樹の森にあえかな吐息が吸いこまれていく。アルベルトの胡座《あぐら》の上に乗り上げるような格好でサーシャは与えられる甘いくちづけに酔った。

ちゅっ、ちゅっと音を立てながら何度も唇を重ねられ、熱い舌で思うさま咥内をかき回されて心臓が壊れそうなほど早鐘を打つ。それでもやめてほしくなくて、少しも離れていたくなくて、自分からも手を伸ばしてアルベルトのシャツに縋った。

同じ気持ちだとわかった途端、待てなくなるなんてみっともない。浅ましいと思われてしまうんじゃないかという小さな不安は、だが愛しく思う相手によって見事に帳消しにされた。

腰を支えてくれていた左手が双丘へ滑り、グイと力強く揉みこまれる。突然のことに驚いた弾みに唇が離れ、「やんっ」と高い声が洩れてしまった。

「ち、違っ……あのっ……」

「かわいいな」

含み笑いとともに今度は反対の手が身体の輪郭を確かめるように肩から腰、そして太股《ふともも》へとゆっくり下りていく。項《うなじ》を舐められ、華奢な鎖骨を甘噛みされて、あまりの気持ちよさに身体がくねった。

「はっ…、ぅん……」

「かわいい。サーシャ」

言葉とは裏腹に与えられる性急な愛撫が彼もまた待てないのだと伝えてくる。自分も同じ気持ちだと伝えたくて、けれどアルベルトのように大胆なことはできないから、せめて胸の高さにある彼の頭部を抱き締めた。

自分のものとは違う、少し固めの赤い髪。こうしてみるとまるで炎を抱き締めているみたいだ。そのせいだろうか、胸の周りが、そしてアルベルトに触れられたところが熱を孕んでジンジンと火照った。

「気持ちよさそうだな」

「あっ……」

肌の上を滑っていた手がするりと自身に絡みつく。そうされてはじめて自分が兆していたことを知った。

「あの、こ、これは……」

「恥ずかしがらなくていい。俺だってそうだ」

「え…？」

アルベルトは自身の前を寛げ、猛《たけ》った己を取り出してみせる。それは以前見た時よりもさらに大きく張り詰めているように見えた。

「アルベルト様も……」

「言ったろう。おまえが気持ちよさそうにしてるのを見ただけでこうなると。だからおまえはもっともっと奔放に俺を煽って気持ちよくしてくれ」

「……もう」

なんてことを言うんですか。

恥ずかしくて頭がクラクラするけれど、同じくらいうれしくてふわふわする。彼が自分に快感を与えてくれるように、自分も彼の快楽を引き出せているのだとしたらこんなしあわせなことはなかった。

これが、愛し合うということなのかもしれない。

それもアルベルトと出会ってはじめて知った。


「サーシャ。もっとだ」

もっと気持ちよくしてやると、アルベルトが先走りで濡れた互いの屹立《きつりつ》をふたつまとめて握りこむ。

そんなところで彼自身の熱を感じるなんて思ってもおらず、サーシャはびくりと身をふるわせた。

「熱い…」

「あぁ。おまえもな」

熱をわけ合うようにゆっくりと扱き合わされる。

固く張り詰めたものに弾き返され、敏感なところをゴリゴリと擦られて、あまりの気持ちよさに一瞬で全身に鳥肌が立った。

「あ、あっ……」

無意識に腰が揺れてしまう。それが恥ずかしくてしかたないのに、自分がそうすることでアルベルトも気持ちよくなるのだと思ったら止まらない。彼も自分と同じように感じてくれているのがうれしくてサーシャはたちまち夢中になった。

下から揺すり上げられながら、同時に白い双丘をグイと揉まれる。まるでひとつになった時みたいだ。

アルベルトも同じことを考えていたのか、こちらを見上げた焦げ茶の瞳には雄の情欲が宿っていた。

「おまえとひとつになりたい。手伝ってくれるか」

目の前に指が差し出され、サーシャは素直に口を寄せる。これからこの手が自分たちをつなぐために道を作ってくれるのだと思ったら、節くれ立った手を舐めるだけでも鼓動が逸った。

たっぷりと唾液を塗したそれがそっと秘所に宛がわれる。

「んっ…」

久しぶりの感覚に思わず身体が強張った。二度目でも、やはりまだ慣れることはない。それでも前に一度経験したおかげで自分なりに息を吐くタイミングを摑み、できるだけ力を抜くよう努めた。

「そう。上手だ」

アルベルトの言葉にふっと小さく笑ったところで、ぬうっと中指が潜りこんでくる。

「あぁっ……」

たちまち隘路は蠢動し、愛しい身体を甘く食み味わいながら順応しようとした。中がひくひくと蠢くたびに中指の存在を強く意識させられる。今そこにアルベルトを受け入れているのだと身体が、頭が、そして心が、一体となって感じ入った。

「あ…、ん、んんっ……」

小さく抜き差しをされるたびに内壁は指を離すまいと淫らに動く。まるでそこが本来とは別の目的をもった新しい器官になったかのようだ。彼を愛するために身体が変わる。彼によって変えられていく。

そんなことすらうれしくてサーシャは夢中でアルベ

ルトに縋った。

「んっ……は、ぅんっ……」

深くまで埋めこまれ、いいところを擦られてたちまち腰がグラグラと揺れる。二本、三本と増える指を食《は》み締めながら次なる刺激を待ち侘びた。

――早くほしい。アルベルト様がほしい。

言葉にするのは難しいけれど、その分眼差しが、気配が、なにより身体が雄弁に語る。そんな饒舌なおねだりは愛する人に伝わったようで、アルベルトはこちらを見ながらうれしそうに眉尻を下げた。

「煽ってくれとは言ったが、ここまでとはな」

「アルベルト様」

「あぁ、わかった」

唇を吸われるのと同時に三本の指が引き抜かれる。今しがたの熱を与えてくれたものがいなくなってしまった喪失感に戦慄《わなな》く秘所に、代わりに固く張り詰めた塊が押し当てられた。

「挿れるぞ」

低く掠れた声にドキリとなった次の瞬間、先端がぐうっとめりこんでくる。限界まで開かされた蕾は先走りのぬめりを借りて大きな嵩《かさ》を呑みこんだ。

「あ…、あぁっ……」

腰に添えられた手に身体をゆらゆらと揺らされ、いい角度に宛がわれて自重で雄を呑みこまされる。それが少し怖くもあったけれど、愛しい人をこの身に受け入れているのだと思ったら引き攣れるような痛みも息苦しさもちっとも気にならなくなった。

「そう、上手だ。サーシャ」

少し進んでは止まり、慣れるまで待っては進みと時間をかけてアルベルトをすべて呑みこむ。奥まで楔を受け入れる頃には緊張と昂奮で汗びっしょりになっていた。

　アルベルトも上着とシャツを脱ぎ捨て、裸の胸と胸とを重ね合う。眩暈がするような心地よさは自分たちがつながっているところからも直に感じた。

　熱く脈打つアルベルトの雄。

　それを根元まで埋めこまれたことで、足のつけ根に感じる下生えの感触がやけにリアルだ。

「アルベルト様、の……」

　そろそろと手を伸して赤毛に触れる。チクチクとした手触りを楽しむようにかき回しているとなぜかアルベルトが小さく呻いた。

「まったく。どこで覚えてきたんだ、そんなこと」

「え？　あっ、ん……っ」

　お返しとばかりに自身をきゅっと握られる。甘い疼きにサーシャが煩悶したのを見計らって下からの突き上げがはじまった。

「あ、あ、あ……っ」

　これ以上なく深くつながったと思っていたのに、突かれるたびに熱塊はさらに奥へ奥へと挿《はい》っていく。はじめての感覚に思わず腰を引きかけたものの自重がそれをゆるさなかった。

「ふ、かいっ……や…、あ、まだ…、挿って……」

　抽挿のたびに肉のぶつかる音が響く。熱塊は中でさらに膨張し、一分の隙もないほどみっしりとサーシャを埋め尽くした。

　灼熱の塊で隘路を拓かれ、ゴリゴリと中を擦られて気絶しそうなほど気持ちがいい。身体中に埋めこまれた熾火から高まった熱は今にも爆発してしまいそうで、サーシャは夢中で首をふった。

「あ、ダメ…、それ……ダメ、ダメ……そんな、したら……」

「我慢するな。達っていい」

「やぁっ、んっ……アルベルト、さま、ぁ……」

こんなにぐずぐずになってしまって恥ずかしい。だから懸命にこらえようとしたものの、強すぎる快楽の前になすすべなくあっという間に波に押し上げられる。最奥で愛しいアルベルトを食み締め、前を彼に扱かれながら、サーシャは細い嬌声《きょうせい》とともに蜜を散らした。

「あぁぁっ……」

ぎゅっと閉じた瞼の裏、眩いばかりの光が満ちる。身体中の細胞が愛し愛されることへの歓喜を叫び、身も心もこれ以上ないほど満たされた。

「サーシャ、おまえ……」

今しがたの衝撃に頭がぼおっとなったサーシャは、驚いたような声に薄目を開ける。見れば、アルベルトがなにやら楽しそうに口角を上げていた。

「かわいい耳が出たぞ」

「え……？」

はじめはなにを言われているのかわからなかった。目で指されたとおり頭に手を持っていってはじめて、狼耳が出ていたことを知る。

「どうして……？」

確かに腹は減っているけれど、これ以上ないほど身も心も満たされている。死にそうなわけじゃない。首を傾げるサーシャに、アルベルトが意味深に含み笑った。

「なるほど。本能のＳＯＳという意味ではあながち外れとも言いがたい」

「どういう意味ですか」

「おまえの場合、感極まった時も出るんだろうな。それだけ気持ちよかったってことだろう？」

「えっ、そ、そんな……」

そんなの恥ずかしいにもほどがある。極めるたびに狼耳が出てしまうなんて、これから先どうすればいいんだ。

顔を真っ赤にして狼狽えるサーシャの狼耳をくすぐると、アルベルトはやおら抽挿を再開した。

「あっ……待っ…、んんっ……」

身体中がまだ先ほどの余韻に痺れたままだ。そんな中、再びはじまった突き上げによってサーシャはさらなる高みへと連れ去られることとなった。

「あ、あ、あ、……アル、…んんっ……んっ……」

どうしよう。もうなにも考えられない。なにをされても気持ちよくてしかたなくて、彼とこうしていられることがしあわせでしあわせでたまらない。

「うれしい……」

うまく力が入らないままふにゃふにゃの顔で笑うと、それを見たアルベルトもまたこれ以上ないほどの笑顔とともに情熱的なキスで応えてくれた。

「俺もだ。サーシャ、愛している」

「ぼくも愛しています。アルベルト様……」

「たまらない……もっともっとおまえがほしい」

「あんっ」

パンッと一際強く腰を打ちつけられて突き抜けた快感に顎を反らす。全身にビリビリとしたものが駆け巡り、出さないまま達したのだとわかった。

両側から腰を摑まれ、前後左右に揺さぶられる。切っ先が異なる箇所を突くたびに刺激は鮮やかに塗り替えられた。

もうおかしくなりそうで、どうしようもなくて、ただただ彼の頭を抱いて悶えることしかできない。

「しっかり摑まってろ」

腰を抱え直され、足をアルベルトの腰に回すように固定されると、いよいよラストスパートとして本格的な突き上げがはじまった。

「はぁっ…、あ、あぁっ……」

一度ならずも二度までも極めた身体はもはや力も入らず、なにひとつ思いどおりになることはない。それを遮二無二貪るように、これまでの比ではない力強いストロークにガツガツと穿たれ、煽られて、サーシャは身も世もなく悶えながら甘やかに溺れた。

アルベルトの雄はかつてないほど大きく膨らみ、今にも弾けてしまいそうだ。大胆に中をかき回され、最奥を抉られて、三度覚えのある熱が下腹を覆った。

「ダメ、んっ……もう…、あ、あぁっ……」

ドクドクと鼓動が逸る。大きなうねりに呑みこまれる。固く目を閉じ、ぎゅっとアルベルトにしがみつきながら限界へと押し上げられていく。

「達くぞ。いいか」

頷くと同時に強く腰を引き寄せられ、これ以上ないほどひとつになったと思った瞬間、身体がふわっと浮いたようになった。

「ああっ、あ、……ぁ———」

「くっ……」

アルベルトが低く呻いた直後、身体の一番深いところに欲望の証が叩きつけられる。それに押し出されるようにして自身も二度目の吐精を果たした。

荒い呼吸を鎮めるようにやさしく唇が塞がれる。

「ありがとう、サーシャ。愛している」

「ぼくも、です……」

身も心もひとつになって交わすキスほどしあわせなものはない。だから何度も何度もくり返し味わう。

甘いくちづけに酩酊しながら、ふたりは終わらない夜に瞼を閉じた。

＊

一年後、アルベルトの即位十周年と合わせ、ふたりの結婚式が晴れやかに執り行われた。

政治的な結びつきを目的としたものではない平民との結婚であること、同性婚であること、なによりサーシャが人狼であることなどから前国王夫妻、とりわけ皇后の理解を得るまで時間がかかったが、アルベルトの根気強い説得とサーシャの献身的な奉仕により、最後には結婚を許してもらった。

城内のものたちも、サーシャが出ていってからというもの深く意気消沈していた国王が生き生きと政務を再開するのを目の当たりにし、またふたりがほんとうに仲睦まじくしている様子を見て、この結婚はしあわせなものになるに違いないと理解を示してくれた。

なにより、禁忌と言われた狼の子であるサーシャをありのまま受け入れ、愛したことで、アルベルトが弟ユリウスの死の悲しみをほんとうの意味で乗り越え、前を向いてくれたと臣下たちはよろこんだ。

うれしい変化はそれだけではない。

不思議なことに、サーシャが城に戻ってからのイシュテヴァルダは天候にも恵まれ、昨年の飢饉が嘘のようにその年は大豊作となった。

それに伴ってアルベルトは備蓄を促すとともに、城に納めさせる税金を下げた。国民が自由に使える資金が増えればそれだけ商業は活発になり、貿易も盛んになるだろうとの狙いからだ。

アルベルトはさらに、狼を禁忌と呼ぶことを撤回し、森の獣たちと共生できるように森林の伐採に制限を設けた。それで割を食う林業従事者たちには職を斡旋《あっせん》するとともに、新たな産業を生み出すための支援も積極的に行った。

さらには共生の一環として、万が一獣に襲われた場合に備えて他国から最先端の医術について心得のあるものを呼び寄せ、国内各地でその考えと施術を学ばせるなど、幅広く手を尽くした。

国のため、民のために次々と改革を断行していく賢王に人々は惜しみない賞賛の声を送るとともに忠誠を誓った。

陛下のために働きたいと願い出る若者が急増し、調理場の人手不足に悩んでいたイリスはうれしい悲鳴を上げているそうだ。貴族階級からも騎士団の志願者が殺到し、アルフォンスとヴィンセントが大わらわしている。

王も、自然も、国も、なにもかもがよい方向に向かっている。

人々はそれを、心からの感謝をこめて『銀の祝福』と呼んだ。大地の恵みを神に感謝する収穫祭が行われた夜、天からの祝福のように空に銀色のオーロラがかかったからだ。

これまで見たこともないような美しい光景に誰もが息を呑んで空を見上げた。まるで無数の星々が互いに手をつなぎ合い、イシュテヴァルダを包みこんでいるようだった。息を詰め、いつまでも見ていたくなるほどそれはほんとうに素晴らしい光景だった。

そんな奇跡を、人々は美しい銀の髪を持つサーシャに重ねた。国が変わるきっかけを与えてくれた人物として、人々はサーシャにも惜しみない感謝の声を送った。

——なんてしあわせなんだろう。

それをしみじみと噛み締めながらサーシャは夫となる人を見上げる。

婚礼の儀に臨むアルベルトは、金糸刺繍《ししゅう》の入った漆黒の衣装を身に纏い、肩から紺色のサッシュをかけている。被っているのは王冠だ。それが赤褐色の髪に映えて雄々しく、そして凜々しく見えた。

対するサーシャは真紅の衣装を身に纏い、髪を高い位置でひとつに結い上げている。女性ではないのでドレスこそ着ないものの、アルベルトたっての希望で特に銀色の髪が美しく見えるような装いとなった。狼姿の時も変わらぬ銀髪を彼は殊更気に入ってくれているらしい。

いつもは垂らしている長い髪をはじめて結い上げてもらったので、項のあたりがすうすうして落ち着かない。それでも花で飾ってもらえたのはうれしかったし、動くたび馬の尻尾のように揺れるのが楽しくて、何度も頭を左右にふっては隣のアルベルトに笑われた。

それらすべてが愛しく、かけがえのない時間だ。遠い将来、今日の日のことをいつか懐かしくふり返るだろう。

幸福を噛み締めるふたりの前で、教会の扉が静かに開く。

城の敷地内にある王族専用の教会だ。先代も、そのまた先代も、ここで婚礼の儀を行ったという。いわばイシュテヴァルダの大切な節目を見守ってきた砦《とりで》だ。

灯された数百の蠟燭の灯《あか》りが荘厳な雰囲気を漂わせている。思わず気後れして二の足を踏んでいると、横からあたたかい手が伸びてきてそっと肩を引き寄せてくれた。

「大丈夫だ。俺がついている」

サーシャだけに聞こえる声でアルベルトが耳打ちしてくれる。

――――そうだ。アルベルト様がいるのだから。

微笑みながら頷き返すと、アルベルトも安心したように目を細めた。そうして腕を組むよう差し出してくれた左肘に自分の右手をそっと添える。

すでに両親の亡いサーシャに配慮して、ふたりでバージンロードを歩くのだ。アルベルトの合図とともに、まっすぐに伸びたワインレッドの絨毯《じゅうたん》の上をサーシャは一歩一歩踏み締めた。

今日までほんとうにいろいろなことがあった。けれど、今なら言える。

愛を取るためにする努力ほど尊いものはなく、愛のために捨てるものほど惜しくないものはないと。

——お父さん。お母さん。

心の中で亡き両親に話しかける。

ふたりも、きっとこんな気持ちだったのだと思う。父レオンと生涯をともにする覚悟を決めた時、母オルガはすべてを捨てた。人間だった時の家族も、思い出の品も、なにもかも捨てて父に嫁いだ。それでも彼女はしあわせそうだった。その意味が今、痛いほどによくわかった。

——ぼくは、しあわせになります。

決意とともに司祭の前に立つ。

儀式は厳かにはじまり、お互いを伴侶とすることを順番に誓うと、愛の証の交換となった。

アルベルトから、この国に代々伝わるという鈍色の指輪を薬指に嵌めてもらう。義務と責任が伴う重たいものだ。

けれどそれは同時に、かつて禁忌と呼ばれた人狼である自分が王の伴侶として受け入れられたこと、さらには狼と人間の関係が殲滅から共生へ変わるきっかけになれたことで、不遇な死を遂げた父の供養にもつながるものだ。その意味でもサーシャにとってうれしく、意味のあるものとなった。

なにより、アルベルトの愛をこうして身につけていることができる。十字架のネックレスとともに一

生の宝物になるだろう。

よろこびを噛み締めながら、サーシャからもこの日のために用意した指輪を贈った。

フランシスが手配してくれるのに我儘を言って混ぜてもらい、さらには城に戻ってから働いた分の給金も支払いの一部に宛ててもらった。サーシャのお金など微々たるものでしかなかったけれど、それでもアルベルトのために使いたかったのだ。

指輪の内側には薄紫色の宝石を埋めこんである。サーシャの瞳と同じ色だ。どんな指輪がいいか訊ねたところ、アルベルト本人がどうしてもそれがいいと言って譲らなかった。

「いつも肌身離さずおまえを感じていたい。ほんとうは四六時中抱き合っていたいくらいだ」

その返答を聞いてクラクラと眩暈を起こしたことも今となっては懐かしい。要望は丁重に断って、代わりに宝石を埋めこむことで我慢してもらったというわけだ。

最後に、誓いのキスをするためにアルベルトと向かい合う。

静かに近づいてくる唇にそっと瞼を下ろしたサーシャへ、囁くような「愛している」の言葉とともにあたたかいキスが落ちた。

今日からこの人の伴侶となるのだ。この愛しい、イシュテヴァルダを統べる王と――。

神と国と民、そのすべてから祝福されてふたりは晴れて夫々《ふうふ》となる。

これから夜通し催される宴を前に、ふたりはまずはバルコニーに出た。

これまで王族の結婚といえば、数日間続く宴会や各国からやってきた使者を歓待することに重きが置かれ、民への披露は行われていなかった。それに異を唱えたのがアルベルトだ。「国を支えるのは他ならぬ民だ。その民に一番に報せなくてどうする」と譲らず、こうしてふたり揃って挨拶することとなった次第だ。

聞こえてくる歓声に圧倒されながらバルコニーに出たサーシャは、そのあまりの数に目を丸くした。

普段は民衆の立ち入りを制限している城門も今日ばかりは開放されているとあって、大勢の町民や農民たちが王の結婚を祝おうと駆けつけてくれていたのだ。そうしてふたりが姿を見せるや、人々は大歓声を上げながらこちらに向かって手をふった。

「ご結婚おめでとうございます」

「イシュテヴァルダ国王万歳！」

「サーシャ様万歳！」

口々に叫んでいるのを聞いて心がふるえた。祝福されて結ばれることがこんなにもうれしいことだったなんて。

おっかなびっくり森を出てきたあの頃は、まさかこんな未来が待っているなんて想像もしなかった。人目に触れること自体を避けていた時の自分が知ったらさぞや驚くに違いない。もしかしたら信じないかも。

そんな自分を想像してサーシャは内心くすりと笑う。それからゆっくりと顔を上げ、隣に立つ愛しい伴侶を見上げた。

すべてはアルベルトがいてくれたおかげだ。お互いの辛い過去を寄り添わせながらも、サーシャを丸ごと愛してくれたから。だから。

胸がいっぱいになってしまって言葉が出ない。

そんなサーシャに気づいたのか、人々に手をふり返していたアルベルトがこちらを見下ろし、ふっと笑った。

「おまえが今、なにを考えているかわかるぞ」

「ぼくも、アルベルト様が考えていらっしゃることがわかります」

微笑むサーシャに、アルベルトがゆっくり頷く。

するとその時、下から「わあっ」という歓声が上がった。驚いて人々が指す方を見ると、夜空にはなんと、収穫祭の夜と同じく銀色のオーロラがかかっているではないか。

「なんてきれい……」

またこんな奇跡に立ち会えるとは思わなかった。それも、アルベルトと結ばれたこの佳《よ》き日に。

「おまえとこうしていられることはこの上ないしあわせだ」

アルベルトが万感の想いをこめて目を細める。

「愛している、サーシャ。イシュテヴァルダの銀の祝福に神のご加護があらんことを」

「ぼくも愛しています、アルベルト様。これからもずっとお傍に」

「あぁ。ずっとな」

ふたりは生涯の愛を誓いながらしあわせに微笑み合うのだった。

銀の祝福を蕩かす夜に

首筋に熱い唇が押し当てられるのを感じた瞬間、身体の奥が、ジン…、と熱くなる。

それに呼応するかのように、サーシャの頭に銀色の狼耳が顔を出した。

これまでは生命維持の本能として、お腹が空いてどうしようもなくなった時だけ現れていた人狼の証《あかし》だったはずが、この頃は刺激に敏感になったせいか、アルベルトに愛されればたちまちのうちに、時にはキスされただけでもひょいと出てくることがあった。

明け透けな反応が恥ずかしくてしかたないのに自分では制御できない。

今日も今日とて長い髪を下から掬《すく》い上げるようにして首筋に唇を寄せられ、そのあまりの心地よさに一瞬で狼耳が現れた。

「ちっ、違うんです。これは、その……」

「素直でいいじゃないか。かわいいぞ?」

身体《からだ》を密着させながらアルベルトが喉奥でククッと笑う。

せめて上目遣いに睨《にら》むようにしてみたのだけれど、それさえもかわいいと言わんばかりに目を細める彼を前に、サーシャはなすすべもなく目を泳がせるしかなかった。

晴れて夫となった人はサーシャの狼耳が殊の外お気に入りのようだ。かつては憎んだはずのものなのにといくら言っても聞こうとしない。それどころか、サーシャの頭に狼耳が生えるのは自分が気持ちよくさせている証拠だと言わんばかりに手を伸ばしては銀色の耳をさわさわと撫《な》でるのだった。

「ん……」

人に撫でられるのははじめてのことで、なんだかそわそわしてしまう。

父にも母にも一度も触れられたことがなかった。

飢えに苦しむことのないよう育ててもらったおかげで、両親が生きている間は狼耳は出なかったからだ。だから、これはずっとサーシャだけの秘密だった。

今はそれを共有するどころか、愛してくれる人がいる。

「んっ」

敏感なつけ根のあたりを撫でられて、思わず耳がピクンと揺れた。

「ここだろう？」

「ど、どうして……、あっ……」

「おまえが気持ちよさそうにするからな。どこに触れたらどうなるか、すべて把握しておくのが夫の務めだ」

さも当然と言わんばかりにアルベルトが主張する。

この頃は「夫の務め」という言葉を盾に、口には出せないようなことまであれやこれや仕掛けてくるのだ。そのたびにぐずぐずにされるのが恥ずかしくもあり、でも少しだけうれしくもあり。

「それなら、ぼくも……」

サーシャは思いきってアルベルトの髪に手を伸ばした。

「アルベルト様の気持ちいいところを、探して覚えます」

大見得を切って宣言すると、なぜかアルベルトが「ふはっ」と噴き出す。

「そんな大真面目《まじめ》な顔で……。まったく、おまえは何事にも一生懸命だな」

「え？　え？」

「ほら、俺を気持ちよくしてくれるんだろう、サーシャ？　俺は髪を撫でられるのが好きだぞ？」

「は、はいっ」

では失礼して……、と前置きしながら髪を一撫ですると、またも彼に笑われた。

けれど呆《あき》れているのではないようだから、サーシャは思いきって二度、三度と手を動かす。アルベルトの髪は自分のものよりだいぶ硬く、髪の毛一本一本がしっかりしている。人狼のくせに猫の毛のような自分とは大違いだ。

「気持ちいいですか？　アルベルト様」

「あぁ。とても心地がいい。今度は膝枕をしながら撫でてくれ」

そう言うなり、返事も待たずにアルベルトが身体を倒してきた。

「あ、あのっ」

一国の王ともあろう人が気軽に頭を預けるなんて……と口を突いて出そうになり、まるでどこかの家令のようだと含み笑いとともに口に手を当てる。

きっと、相手が自分だから甘えてくれているのだ。

民の前ではキリリと引き締まった顔をする彼が、重臣たちの前では怖いくらい真剣な表情を見せる彼が、自分といる時だけはかわいらしい我儘《わがまま》を言ってくれる。それが自分だけの特権のようで、照れくさいけれどとてもうれしい。

褐色の額にかかった前髪をそっと払う。

アルベルトは唇を弓形に撓《しな》らせながらうれしそうに目を細めた。

「俺は恵まれているとしみじみ思う」

満ち足りた吐息がこぼれ落ちる。

「すべての民が安心して暮らせる国、それが俺の理想だった。そのために尽力するのが王の務めだと思っていた。俺はそのためにいるんだと……。だが、おまえを伴侶に迎えてその考えが少し変わった。これまで見向きもしなかった自分のことに目が向いた。おまえをしあわせにするためには、俺自身もしあわせにならねばならないと気づくことができたんだ」

「アルベルト様」

「俺は、おまえがいてくれてしあわせだ。俺の一生の宝物だ、サーシャ」

アルベルトの大きな手が伸びてくる。銀色の長い髪をかきわけるようにして頬《ほお》に触れられ、たちまち胸がいっぱいになった。

「愛している」

心がゆっくりと、そして熱く、蕩かされていくのがわかる。

だからサーシャもその手を取って、手のひらの窪《くぼ》みに唇を寄せた。

「ぼくも、愛しています。アルベルト様を一生大切にします」

「そうか。うれしいことを」

「ほんとうですよ。毎日こうして膝枕もします」

気持ちを伝えたい一心で勢いこんでそう言うと、アルベルトはまたも噴き出した。

なんだか今日は笑われてばかりだ。けれど彼がとてもしあわせそうな顔で笑うから、見ていたサーシャも一緒になって笑ってしまった。

「それならこれからは、散歩だけでなく、膝枕の時間も日課に加えよう」

「ますますフランシスさんに怒られますね」

「なに。文句のつけようもないくらい仕事をすればいいだけだ。おまえとの時間を作るためなら俺はいくらでもやってやるぞ」

「もう。アルベルト様ったら」

顔を見合わせて微笑《ほほえ》み合う。

引き寄せられるまま身を屈《かが》めながら、やさしいキスの予感にサーシャはそっと瞼《まぶた》を閉じた。

あとがき

こんにちは、宮本《みやもと》れんです。

『銀《ぎん》の祝福《しゅくふく》が降《ふ》る夜《よる》に』お手に取ってくださりありがとうございました。

お久しぶりのファンタジー、今回は中世の北欧を舞台にした王様と人狼のお話です。

初対面の頃のふたりはお互いのいいところしか見えていなくて、たちまち惹《ひ》かれ合うんですよね。なのに、実は相手が自分にとって「憎むべき相手だった」とわかってしまう。自分の大切な人を奪った張本人だったと気づいた頃にはもう相手を愛してしまっていて、憎むべきか、愛するべきか、相手の愛を受け入れるべきか、拒絶するべきか、悩むことになります。異種族同士だからこその壁の高さだったり、王族と平民の身分差だったりと、愛を阻む要素がてんこ盛りだった分大変な苦労もありましたが、アルベルトもサーシャも一生懸命頑張ってくれました。最後はしあわせに結ばれて私自身もほっとしています。

素敵なイラストで飾ってくださったサマミヤアカザ先生に心から御礼を申し上げます。お仕事をご一緒させていただくのはこれが三度目となりますが、今回もまた見惚れるほど格好いいアルベルトと透明感のある美しいサーシャに心を鷲掴《わしづか》みされました。いただいたラフも全部宝物です。ほんとうにありがとうございました。

あとがき

実は、私事ながら、この本が刊行される四月三十日にデビュー六周年を迎えるとともに、リンクスさんから出していただく本がちょうど十冊目となりました。

こうしてしあわせな一区切りをさせていただけるのも応援し続けてくださった読者様がいらしたからこそ。いつもあかるく前向きにサポートしてくださる担当M様、編集部様をはじめ、本が読者様のお手元に届くまで関わってくださったすべての方々のおかげです。どうもありがとうございました。これからも頑張ります！

書いている間は孤独で、必死で、「これおもしろいかな……」と不安になることも多々ありますが、それでもふたりの気持ちに寄り添いながら今できる精いっぱいをこめて書きました。読んでくださった方にも楽しんでいただけたならこれ以上のことはありません。

よろしければご感想をお聞かせください。気に入ったシーンや台詞、キャラクターなど、どんなことでも構いません。編集部にお手紙をくださった方を対象に、デビュー六周年&リンクス刊行十冊目記念の企画を予定しています。詳細は随時ツイッター（@renm_0130）でご案内していきますので、ご参加いただけましたらうれしいです。

最後までおつき合いくださりありがとうございました。

それではまた、どこかでお目にかかれますように。

二〇一九年　祝福の降る、よろこびの春に

宮本れん

極上の恋を一匙《ごくじょうのこいをひとさじ》

宮本れん
イラスト：小椋ムク

本体価格870円+税

箱根にあるオーベルジュでシェフをしている伊吹周は、人々の心に残る料理を作りたいと、日々真摯に料理と向き合っていた。腕も人柄も信頼できる仲間に囲まれ、やりがいを持って働く周だったが、ある日突然、店が買収されたと知らされる。新オーナーは、若くして手広く事業を営む資産家・成宮雅人。視察に訪れて早々、店の方針に次々と口を出す雅人に、周は激しく反発する。しばらく滞在することになった雅人との間には、ぎこちない空気が流れていたのだが、共に過ごすうち、雅人の仕事に対する熱意や、不器用な優しさに気付き始めた周は次第に心を開くようになり……。

リンクスロマンス大好評発売中

はつ恋ほたる《はつこいほたる》

宮本れん
イラスト：千川夏味

本体価格870円+税

伝統ある茶道の家元・叶家には、分家から嫁を娶るというしきたりがあった。男子しかいない分家の六条家には無関係だと思っていたものの、ある日本家の次男・悠介から、ひとり息子のほたるを許嫁にもらいたいとの申し出が舞い込んでくる。幼いころ周りの大人に身分違いだと叱られるのも気にせず、なにかと面倒を見てくれた悠介は、ほたるの初恋の人だった。しきたりを守るための形式上だけと知りながらも、悠介にまるで本物の許嫁のように扱われることに戸惑いを隠せないほたるは……。

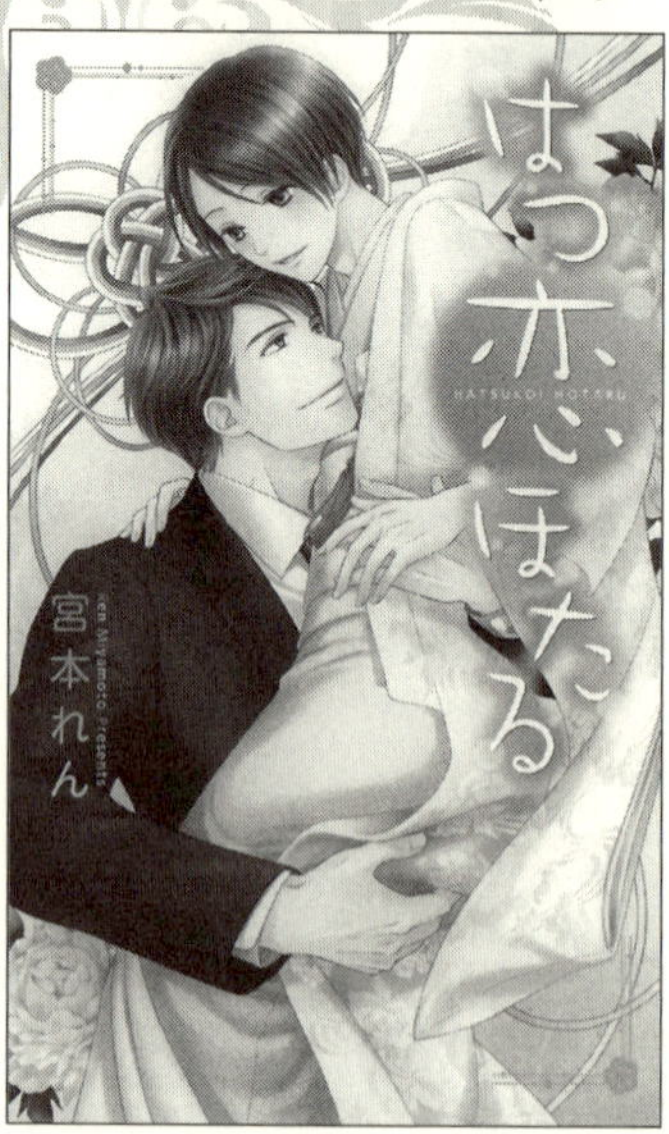

この本を読んでの
ご意見・ご感想を
お寄せ下さい。

〒151-0051
東京都渋谷区千駄ヶ谷4-9-7
(株)幻冬舎コミックス　リンクス編集部
「宮本《みやもと》れん先生」係／「サマミヤアカザ先生」係

リンクス ロマンス

銀の祝福が降る夜に

2019年4月30日　第1刷発行

著者……………宮本《みやもと》れん
発行人…………石原正康
発行元…………株式会社　幻冬舎コミックス
〒151-0051　東京都渋谷区千駄ヶ谷4-9-7
TEL 03-5411-6431（編集）
発売元…………株式会社　幻冬舎
〒151-0051　東京都渋谷区千駄ヶ谷4-9-7
TEL 03-5411-6222（営業）
振替00120-8-767643
印刷・製本所…株式会社　光邦
検印廃止

ISBN978-4-344-84445-2 C0293
Printed in Japan

幻冬舎コミックスホームページ　http://www.gentosha-comics.net

本作品はフィクションです。実在の人物・団体・事件などには関係ありません。